Le
LIVRE
de
POCHE

Jeunesse

LE PERROQUET QUI BÉGAYAIT

DU MÊME AUTEUR DANS
Le Livre de Poche Jeunesse

Les douze pendules de Théodule

ALFRED HITCHCOCK

LE PERROQUET QUI BÉGAYAIT

Traduit de l'américain
par Vladimir Volkoff

Illustrations :
Boiry

HACHETTE
Jeunesse

Avant-propos

Les garçons qui se font appeler « Les Trois jeunes détectives » se nomment Bob Andy, Peter Crentch et Hannibal Jones. Ils habitent la petite ville de Rocky, sur les bords de l'océan Pacifique, à quelques kilomètres de Hollywood.

Bob est un petit blond ; il a des goûts studieux, ce qui ne l'empêche pas d'aimer aussi l'aventure.

Peter, grand garçon sportif, aux cheveux châtains, est sujet à certains accès de nervosité lorsqu'il doit faire face à un danger pressant ; mais ses muscles sont à toute épreuve.

Hannibal Jones... Il y a tant à dire sur Hannibal Jones que, de crainte d'exprimer des opinions qui ne seraient pas celles de ses amis, je préfère m'en tenir à l'essentiel. Hannibal Jones est plutôt gros que maigre et il prête quelquefois à son visage l'apparence de la plus parfaite stupidité. Le moins qu'on puisse dire, c'est que cette apparence est trompeuse. Dans son jeune âge, il avait mérité le surnom de Gros-plein-de-soupe, que certains lui donnent encore par dérision mais qu'il a en horreur. D'une manière générale, Hannibal Jones (Babal pour les intimes) déteste qu'on se moque de lui.

Dans un concours, l'ami Babal a gagné l'usage

(pendant trente jours) d'une magnifique Rolls ornée de dorures et dotée d'un chauffeur. Pouvant ainsi se déplacer à volonté, le jeune Jones a décidé de créer une agence de renseignements avec ses deux amis. « Détection en tout genre », tel est leur programme.

La base des opérations est le Paradis de la Brocante, *vaste entrepôt de bric-à-brac appartenant à M. et Mme Jones – oncle Titus et tante Mathilda comme les appelle Hannibal qui habite avec eux depuis qu'il a perdu ses parents.*

Le PC des trois jeunes détectives est situé au cœur même du bric-à-brac, dans une vieille roulotte où les garçons ont installé un bureau, ainsi qu'un laboratoire photographique. La roulotte étant complètement cachée par un amoncellement d'objets hétéroclites et inutilisables, on ne peut accéder au PC que par divers passages spécialement aménagés et dont l'existence est tenue secrète.

Voilà. En ce qui me concerne, j'ai fini mon travail. Si vous avez envie de faire plus ample connaissance avec les Trois jeunes détectives, poursuivez votre lecture... à vos risques et périls.

ALFRED J. HITCHCOCK

1

« Au secours !... »

« Au secours !... »

La voix qui venait de pousser ce cri était à la fois aiguë et étouffée.

« Au secours !... »

À chaque nouveau Acri sortant de la vieille maison décrépie, Peter Crentch sentait un frisson lui parcourir la moelle épinière. Puis, il n'y eut plus de cris : rien qu'un gargouillement étrange qui expira à son tour. Ce n'était pas moins effrayant.

Peter, grand garçon aux cheveux châtains, se

tenait agenouillé près d'un palmier et observait le sentier semé de gravier qui menait à la maison.

De l'autre côté du sentier, Hannibal Jones essayait de dissimuler sa massive silhouette derrière quelques buissons.

Les deux garçons attendirent de nouveaux

bruits. Mais rien ne vint. La vieille maison de style baroque, se dressant au milieu de son jardin négligé au point de ressembler à un coin de jungle tropicale, restait silencieuse.

« Babal, chuchota Peter. La personne qui a crié, c'était un homme ou une femme ? »

Hannibal secoua la tête.

« Je n'en sais rien, répondit-il. Peut-être ni l'un ni l'autre.

— Ni l'un ni l'autre ? » répéta Peter en avalant sa salive avec difficulté.

Comme il ne s'agissait sûrement pas d'un enfant, quel être mystérieux avait donc pu hurler de la sorte ? Peter préférait ne pas examiner la question de trop près.

Les deux garçons attendaient toujours. La chaleur de cette journée d'été était oppressante.

Tout autour croissaient des palmiers, des buissons touffus, diverses espèces de fleurs jadis cultivées mais maintenant redevenues sauvages, faute de soins. La maison, en piteux état, elle aussi, appartenait à Malcolm Fentriss, l'illustre acteur spécialisé dans les pièces de Shakespeare, et retraité depuis quelque temps. M. Fentriss était un ami du célèbre Alfred Hitchcock qui avait signalé aux Trois jeunes détectives que l'ancien comédien recherchait un perroquet auquel il tenait beaucoup. Les deux garçons étaient venus proposer leurs services à M. Fentriss, pour l'aider à retrouver l'oiseau disparu.

« Mazette ! fit Peter à voix basse. Un perroquet qui disparaît, je croyais que ce serait une affaire de tout repos. Et voilà ! Nous ne sommes pas plus tôt arrivés que les gens se mettent à pousser des cris terribles.

— Moi, répliqua Hannibal, je trouve que ce début est très prometteur. Approchons et voyons si nous pouvons porter secours à la personne en danger.

— Aucune envie d'approcher, répondit Peter. Cette maison m'a tout l'air du château de Barbe-Bleue.

— Excellente comparaison, commenta Hannibal. N'oublie pas de la signaler à Bob, pour qu'il la mentionne dans ses archives. »

Bob était le troisième jeune détective de l'agence ; il était chargé des archives et des recherches.

Sans qu'une feuille, sans qu'une fleur remuât, Hannibal Jones s'avança prudemment entre les buissons. De l'autre côté du sentier, Peter l'imita, bien à regret. Les garçons étaient arrivés à une trentaine de mètres de la maison lorsque, soudain, Peter se sentit saisi par la cheville et tomba à plat ventre. Plus il se débattait, plus la main invisible resserrait sa prise. Comble de frayeur, comme il était étendu le nez au sol, il ne pouvait même pas voir son agresseur.

« Babal ! haleta le jeune détective. Je suis prisonnier ! »

Malgré son tour de taille volumineux, Hannibal ne manquait pas d'agilité. Peter n'avait pas fini de parler que son ami avait déjà bondi pardessus le sentier.

« Qui est-ce ? bégaya Peter. Est-ce un boa constricteur ? On s'attend à n'importe quoi dans ce jardin ! »

Hannibal prit l'air grave :

« Du courage, Peter. Tu as été capturé par un spécimen de *vitis vinifera* particulièrement redoutable.

— Sauve-moi, Babal ! Ne laisse pas ce vitis-je-ne-sais-pas-quoi me manger tout cru.

— J'ai mon couteau. Je te promets de faire ce qui est humainement possible pour te sauver. »

Hannibal tira de sa poche son couteau à huit lames, puis il saisit la jambe de Peter. Quelques coups de couteau, et Peter sentit l'étreinte de la *vitis vinifera* se relâcher. Libre, il bondit sur ses pieds et se retourna.

Derrière lui, Hannibal refermait son couteau. Un pampre de vigne tranché gisait au sol.

« Tu t'es pris le pied dans cette espèce de liane, qu'on appelle *vitis vinifera* en latin, expliqua Hannibal. Plus tu tirais en avant, plus elle te tirait en arrière. On peut dire que vous luttiez à armes égales puisque vous vous comportiez aussi stupidement l'un que l'autre : la vigne, parce qu'elle est inintelligente par essence, et toi, parce que tu laisses la panique entraver tes processus mentaux. »

Il arrivait souvent à Hannibal de s'exprimer dans ce langage recherché. Peter y était habitué.

« C'est vrai, reconnut-il, j'ai eu peur. Ça doit être ces cris qui m'ont rendu nerveux.

— La panique, reprit Hannibal, présente plus de danger que le danger lui-même. La panique détruit, dans l'individu, toute... Aaaaah ! »

Apparemment, Hannibal avait décidé de faire une démonstration de ce qu'il appelait panique. Les symptômes de l'épouvante s'étaient soudain répandus sur ses traits. Il avait pâli, ses yeux s'écarquillaient. La bouche grande ouverte, il semblait regarder un objet terrible placé derrière Peter.

« Tu es vraiment un acteur extraordinaire, Babal, remarqua le jeune détective. Je n'ai jamais vu personne imiter si bien la peur. Remarque que... que... »

Tout en parlant, il s'était retourné. Le souffle coupé, il venait d'apercevoir ce qu'Hannibal voyait déjà depuis quelques instants.

Un gros homme se tenait à deux pas des garçons, un imposant pistolet au poing.

D'épaisses lunettes lui faisaient des yeux plus gros que nature et comme phosphorescents, car la lumière du soleil que les verres réfléchissaient semblait jaillir d'eux. On aurait cru un énorme poisson dans un aquarium.

« Direction la maison, commanda le gros homme en brandissant son arme. Vous allez m'expliquer un peu ce que vous manigancez ici. En avant, marche ! »

La bouche sèche et le pied mal assuré, Peter et Babal remontèrent le sentier vers la vieille maison qui visiblement menaçait ruine.

« Je ne vous conseille pas d'essayer de vous sauver, les garçons, prévint l'homme. Vous le regretteriez.

— Ne cherche pas à fuir, Peter, souffla Hannibal. Ce serait la pire chose à faire. Nous devons expliquer à M. Fentriss que nous étions venus ici avec de bonnes intentions.

— Pour fuir, répliqua Peter, il faut avoir des jambes. De vraies. Les miennes sont en coton, du moins en ce moment. »

Crin, crin, faisaient les pas des garçons sur le gravier. Les pas du gros homme derrière eux rendaient un son beaucoup plus grave, que Peter trouvait passablement inquiétant. Il se sentit presque soulagé lorsqu'ils eurent atteint la terrasse carrelée qui s'étendait devant la portc d'entrée.

« Maintenant, les garçons, vous allez ouvrir et entrer, dit l'homme. Rappelez-vous que j'ai le doigt sur la détente et de bons réflexes. Une fois entrés, tournez à droite. Passez dans le salon et asseyez-vous tout au fond. »

Hannibal tourna la poignée. La porte s'ouvrit lentement, sur un vestibule obscur.

Peter prit son courage à deux mains. Les deux garçons entrèrent, tournèrent à droite et se trouvèrent dans une vaste pièce, pleine de livres et de journaux jonchant des meubles anciens. Contre le mur du fond, se dressaient de hautes chaises de cuir. Les jeunes détectives s'assirent sur deux d'entre elles.

Le gros homme, entré derrière eux, les considéra avec satisfaction. Il souffla dans le canon de son pistolet, comme pour chasser un grain de poussière qui aurait pu gêner le passage d'une balle.

« Maintenant, déclara-t-il, ce que vous avez de mieux à faire, c'est de m'expliquer pourquoi vous vous êtes introduits furtivement dans mon jardin.

— Nous avions l'intention de vous rendre visite, monsieur Fentriss, répondit Hannibal. Voyez-vous...

— Me rendre visite ! C'est pour cela que vous vous faufiliez comme des Indiens entre les palmiers ?

— Nous avions entendu quelqu'un crier au secours, reconnut Peter. C'est pour cela que nous avancions prudemment.

— Ha ! ha ! fit le gros homme. Vous auriez entendu quelqu'un crier au secours ?

— Monsieur Fentriss, reprit Hannibal, voici de quoi il s'agit : nous venons de la part de M. Hitchcock qui nous a dit que vous aviez perdu un perroquet et que la police ne faisait aucune recherche. Alors, comme nous sommes détectives, nous venons vous aider à retrouver votre oiseau. »

Mettant la main à la poche, Hannibal exhiba une des cartes professionnelles que les garçons s'étaient fabriquées.

« Hannibal Jones, c'est moi ! se présenta le détective en chef. Et voici mon adjoint, Peter Crentch.

— Hum ! fit l'homme en examinant la carte. Que signifient ces trois points d'interrogation ? Que vous doutez de vos propres capacités ? »

Question attendue. On la posait toujours. Décidément, Hannibal avait eu un trait de génie lorsqu'il avait pensé à utiliser ce symbole.

« Le point d'interrogation, expliqua-t-il doctement, est le symbole de l'énigme à résoudre, du mystère à percer. Or, résoudre les énigmes et per-

LES TROIS
JEUNES DÉTECTIVES

DÉTECTION EN ? ? ? TOUT GENRE

DÉTECTIVE EN CHEF : HANNIBAL JONES
DÉTECTIVE ADJOINT : PETER CRENTCH
ARCHIVES ET RECHERCHES : BOB ANDY

cer les mystères, c'est notre métier. Voilà pourquoi le point d'interrogation est l'emblème des Trois jeunes détectives.

— Je vois, je vois, fit M. Fentriss en glissant la carte dans sa poche. Et vous étiez venus pour enquêter sur la disparition de mon perroquet ? Ouais. »

Il sourit. Le moral de Peter remonta aussitôt, mais pas pour longtemps.

« Quelle jolie histoire ! Et quel dommage que je n'y croie pas. Vous avez l'air de gentils garçons : vos parents vous regretteront. »

Sans trahir la moindre hâte, M. Fentriss prit un cigare dans sa poche et le planta entre ses dents. Puis il leva son pistolet, pressa la détente...

Il y eut un claquement. Une flamme bleue jaillit du canon de l'arme que le gros homme approcha de son cigare pour l'allumer. Il aspira un bon coup, éteignit la flamme et posa son pistolet sur une table.

« Mazette ! pensa Peter, ce n'était qu'un inoffensif briquet ! » Son sang, qui lui semblait figé dans ses veines, se remit à circuler librement.

« Félicitations, les garçons, dit M. Fentriss, l'air jovial. Vous avez brillamment réussi le petit examen auquel je vous ai soumis. J'ai essayé de vous faire peur, mais vous n'avez pas perdu la face. Permettez-moi de vous serrer la main. »

Il serra les mains des garçons à les écraser et leur fit quitter leurs chaises perchoirs.

« Je vais téléphoner à l'ami Alfred que, selon moi, vous valez beaucoup mieux que la plupart des garçons qui jouent aux détectives. Vous avez l'étoffe de professionnels.

— Si je comprends bien, reprit Hannibal, avec un calme apparent sous lequel Peter fut le seul à distinguer une indéniable agitation, vous voulez dire que M. Hitchcock vous a téléphoné que nous devions venir et que vous avez décidé de nous mettre à l'épreuve ?

— Tout juste, répondit le gros homme en se frottant les mains. Alfred m'a conseillé de vous préparer une petite surprise de ma façon. Mais je dois reconnaître que vous vous êtes comportés comme de grands chefs. Seulement, à mon grand regret, je n'ai pas d'énigme à vous offrir.

— Pas d'énigme ? s'étonna Peter. M. Hitchcock qui prétendait que vous vous désoliez pour votre perroquet perdu !

— Il est retrouvé, expliqua M. Fentriss. J'avais laissé une fenêtre ouverte et, ce matin, il est rentré. Ce cher Shakespeare, que de souci je me suis fait pour lui !

— Shakespeare ?

— Oui, il s'appelle William Shakespeare, comme l'écrivain.

— Mais... cet appel au secours ? demanda Peter. Il provenait de la maison.

— Évidemment ! J'ai appris à Shakespeare à jouer la comédie, il se jette contre les barreaux de sa cage et il crie : "Au secours, au secours" !

— Ça doit être très drôle, dit Hannibal. Est-ce que nous pourrions le voir ?

— Je regrette, répondit M. Fentriss. Shakespeare s'est mis dans un état de surexcitation tel que j'ai été obligé de recouvrir sa cage d'un tissu, ce qui le calme toujours. Mais si je le découvrais maintenant, il recommencerait.

— Alors, tant pis, monsieur Fentriss, dit Hannibal d'un ton déçu. Je regrette qu'il n'y ait pas d'enquête à faire, mais je suis content que vous ayez retrouvé votre perroquet.

— Merci, mon garçon, répondit l'homme. Je garde votre carte. Le premier mystère que je rencontre sur mon chemin est pour les Trois jeunes détectives. »

Il reconduisit les garçons jusqu'à la porte.

Hannibal et Peter redescendirent le sentier à travers le jardin.

« Pas de chance, commenta Hannibal. L'affaire s'annonçait si bien : une maison solitaire, des appels au secours, un bonhomme sinistre...

— Je me serais passé de tout ça, remarqua Peter. Le perroquet perdu, il ne m'en fallait pas plus.

— C'est peut-être toi qui as raison », reconnut Hannibal sans conviction.

Ils regagnèrent la rue – une rue d'un vieux quartier résidentiel de Hollywood, où la plupart des maisons étaient si vastes que leurs propriétaires ne pouvaient plus les entretenir et qu'elles tombaient plus ou moins en ruine.

Une Rolls noire à dorures attendait au bord du trottoir : c'était celle qu'Hannibal avait à sa disposition pour trente jours, grâce à un prix gagné dans un concours.

Hannibal interpella Warrington, le chauffeur anglais.

« Il va falloir rentrer : M. Fentriss a retrouvé son perroquet.

— Très bien, monsieur Hannibal », répondit le chauffeur, pendant que les garçons grimpaient dans la luxueuse voiture.

Tandis que Warrington faisait demi-tour, Hannibal jetait un dernier coup d'œil au jardin de M. Fentriss. La végétation luxuriante dissimulait la maison.

« Peter, dit soudain Hannibal, observe bien ce que tu vois. Il y a quelque chose d'incongru.

— Que faut-il observer ? Le jardin ?

— Le jardin, l'allée, tout le paysage. Je sens qu'il y a quelque chose qui ne colle pas, mais je ne sais pas ce que c'est. »

Et Hannibal de se pincer la lèvre inférieure

entre deux doigts, ce qu'il faisait toujours lorsqu'il réfléchissait sur un point difficile.

Peter, obéissant, observa le paysage. Il constata qu'un jardinier aurait eu fort à faire s'il avait dû remettre le jardin en état. Des branches de palmier, écrasées par une automobile passée récemment, jonchaient l'allée. Mais il n'y avait rien de bien singulier à cela.

« Je ne vois rien de particulier », annonça-t-il.

Hannibal ne l'écoutait pas. Il regardait maintenant par la lunette arrière, en se pinçant toujours la lèvre...

On roulait déjà depuis un bon moment lorsque, soudain, Hannibal se retourna.

« Warrington ! Il faut retourner là-bas ! Vite.

— Nous y retournons donc, monsieur Hannibal, répondit calmement le chauffeur en amorçant un demi-tour.

— Quelle mouche t'a piqué, Babal ? demanda Peter. Pourquoi faut-il que nous allions là-bas encore une fois ?

— Parce que j'ai trouvé ce qui ne collait pas. Aucun fil téléphonique n'aboutit à la maison de M. Fentriss.

— Aucun fil téléphonique n'aboutit... ? »

Peter ne voyait pas très clairement ce que voulait dire son compagnon.

« Oui. Il y a des fils électriques, mais pas de fils téléphoniques. Or, M. Fentriss nous a affirmé que M. Hitchcock l'avait prévenu de notre arrivée par téléphone. Il a donc menti, du moins sur ce point. Et probablement sur tous les autres.

— Pourquoi serait-il allé nous raconter des craques ? s'étonna Peter.

— Parce qu'il n'est pas M. Fentriss, répondit Hannibal. Le gros bonhomme n'est qu'un imposteur, c'est M. Fentriss que nous avons entendu crier au secours ! »

2

Le perroquet bègue

La grande Rolls filait à toute allure. Un pâté de maisons la séparait encore du but, lorsque Peter et Hannibal virent une petite voiture noire, de marque étrangère, déboucher d'une allée et rouler à leur rencontre. Elle les croisa sans ralentir ; ils eurent à peinc le temps d'apercevoir le conducteur, un gros homme, portant d'épaisses lunettes. Ils ne virent pas son visage car il avait la tête tournée de l'autre côté.

« C'est M. Fentriss ! s'écria Peter.

— Rectification : c'est l'homme qui s'est fait

passer pour M. Fentriss. Warrington, ne le laissez pas nous semer. Suivons-le pour voir où il va.

— Bien, monsieur Hannibal. »

Le chauffeur freina et recommença les manœuvres du demi-tour. Peter regardait la rapide voiture noire d'un air de doute.

« Même si nous rattrapons le bonhomme, que pourrons-nous faire ? Officiellement, nous n'avons rien à lui reprocher. Et puis le vrai M. Fentriss a peut-être besoin de notre aide. »

Hannibal hésita, partagé entre le désir de filer l'imposteur et celui de porter secours à la victime.

« Tu as raison, décida-t-il enfin. Il faut d'abord aller voir si M. Fentriss n'est pas blessé. Continuez tout droit, Warrington. »

La Rolls atteignit bientôt l'allée d'ou était sortie l'automobile noire, et s'y engagea. Après avoir contourné la maison de M. Fentriss, elle s'arrêta devant la façade arrière.

« Peter, demanda Hannibal, as-tu observé la voiture qui nous a croisés ? Comment était-elle ?

— Une Ranger de sport, à deux portes, avec une plaque d'immatriculation de Californie. Le numéro se termine par 13, c'est tout ce que j'ai eu le temps de voir.

— Et vous, Warrington, avez-vous une idée du numéro d'immatriculation ?

— Je regrette, monsieur Hannibal. J'ai simplement remarqué que le siège était en cuir rouge.

— Voilà déjà quelques éléments. Nous retrouverons le bonhomme et sa voiture plus tard. Pour l'instant, cherchons le vrai M. Fentriss. »

Les deux garçons venaient de descendre de voiture lorsqu'un nouveau cri parvint à leurs oreilles.

« Au secours ! Aidez-moi, je vais mou... »

La voix était faible et étouffée.

« Vite ! Il va mourir ! » cria Peter.

En trois enjambées, il atteignit la porte de derrière que, dans sa hâte, le gros homme avait laissée entrebâillée. Les garçons entrèrent et, lorsque leurs yeux se furent accoutumés à l'obscurité, ils virent qu'ils se trouvaient dans le vestibule qu'ils connaissaient.

« Nous sommes déjà allés de ce côté-ci. Essayons l'autre ! » suggéra Hannibal.

Ils se précipitèrent donc dans un vaste salon, aux meubles lourds et anciens.

« Qui est là ? » fit une voix à peine perceptible

et semblant appartenir à une plante grasse placée devant la fenêtre.

Peter y courut. Au pied de la plante gisait un homme, maigre et hagard, pieds et poings liés. Un bâillon fourré dans sa bouche l'étouffait à moitié.

« Ne craignez rien, monsieur Fentriss. Nous allons vous détacher tout de suite », dit Peter.

Comme le prisonnier avait déjà réussi à défaire partiellement son bâillon et que les nœuds qui retenaient ses liens n'étaient pas très serrés, les garçons n'eurent aucune peine à le délivrer complètement. S'appuyant sur leurs épaules, le malheureux clopina jusqu'au divan où il s'étendit.

« Merci, murmura-t-il. Dans un instant, j'aurai repris des forces. »

Hannibal, l'air grave, s'assit en face de M. Fentriss.

« Monsieur, dit-il, je pense que nous devrions appeler la police. »

L'homme ne parut pas ravi de l'idée.

« Oh ! non, fit-il. D'abord je n'ai même pas le téléphone.

— Aucune importance. Nous avons un téléphone dans notre voiture.

— Ce n'est pas une raison, persista M. Fentriss en se soulevant sur un coude pour mieux voir ses jeunes visiteurs. Mais qui êtes-vous ? Comment se fait-il que vous vous soyez trouvés ici ? »

Hannibal lui tendit une de ses cartes professionnelles et expliqua qu'il venait de la part de M. Hitchcock.

« Je reconnais bien là la gentillesse d'Alfred, dit M. Fentriss.

— Êtes-vous certain que vous ne désirez pas que nous appelions la police ? insista Hannibal. Évidemment, pour votre perroquet disparu, les Trois jeunes détectives sont à votre disposition. Mais vous avez tout de même été attaqué, garrotté...

— Je serais enchanté de vous voir vous charger de l'affaire, répondit M. Fentriss. J'aurais mauvaise grâce à ne pas avoir confiance en vous après ce que vous avez fait pour moi. Quant à la police... J'y suis déjà allé et, comme j'insistais pour qu'on retrouvât mon perroquet, on m'a laissé entendre qu'on me soupçonnait d'avoir inventé toute cette histoire pour me faire de la publicité parce que je suis comédien.

— Je comprends, monsieur, dit Hannibal. Les policiers pourraient croire que vous prétendez

avoir été attaqué, afin qu'on parle de vous dans les journaux.

— Précisément, mon garçon. Donc, pas de police. Promettez-moi que vous travaillerez seuls. »

Les garçons firent la promesse demandée. Puis Hannibal réclama tous les détails concernant la disparition du perroquet.

« Je lui suis très attaché, commença M. Fentriss. Je l'avais appelé Shakespeare en l'honneur d'un écrivain dont vous avez peut-être entendu parler.

— Bien sûr. C'est l'un des plus grands dramaturges de tous les temps. Il a vécu en Angleterre, à la fin du XVIe et au début du XVIIe siècle. Il a écrit une trentaine de pièces de théâtre, dont la plus célèbre est probablement *Hamlet.*

— Hamlet ! Que de fois ai-je joué ce rôle ! s'écria le vieil acteur en s'animant. Et avec quel succès ! »

Il pressa une main contre sa poitrine, étendit l'autre bras et prononça d'une voix funèbre :

« Être ou ne pas être : voilà la question ! »

Puis, se tournant vers les garçons, il expliqua :

« C'est un vers d'*Hamlet.* L'un des plus connus

de toute l'œuvre de William Shakespeare. Mon perroquet le citait sans cesse.

— Votre perroquet citait Shakespeare ? s'étonna Peter. C'était donc un perroquet très cultivé !

— Certainement. Il avait même un accent britannique fort distingué, mais il avait aussi un défaut.

— Un défaut ?

— Le malheureux bégayait. Il disait : "Être ou ne pas être", et ensuite, au lieu de "voilà la question", il s'écriait : "Beaucoup de-de-de b-bruit pour rien !", ce qui est le titre d'une autre pièce du même auteur. »

Les yeux brillants, Hannibal se tourna vers son ami :

« As-tu jamais entendu parler d'un perroquet bègue, Peter ? Je sens que cette enquête ne sera pas ordinaire ! »

Peter le sentait également, mais il n'en était pas aussi enchanté qu'Hannibal.

Comme M. Fentriss reprenait progressivement des forces, le détective en chef put obtenir tous les détails qui lui étaient nécessaires. Le perroquet bègue n'appartenait au comédien que depuis trois semaines environ. Il avait été acheté à un marchand ambulant, petit homme à l'accent mexicain, arrivé dans une carriole traînée par un âne.

« Comment se fait-il que ce marchand soit venu vous voir, monsieur ?

— C'est Mlle Irma Waggoner qui me l'a envoyé. Elle habite dans le quartier. Elle lui avait déjà acheté un perroquet et, lorsqu'elle a appris qu'il en avait un qui citait Shakespeare, elle a pensé que cela m'intéresserait.

— Je vois, dit Hannibal en se pinçant la lèvre. Le métier de cet homme consiste-t-il à vendre des oiseaux ?

— Je n'en sais trop rien, reconnut M. Fentriss. Il n'y avait que deux cages dans sa carriole, ce jour-là : celle de Shakespeare, et puis celle d'un oiseau au plumage foncé et d'aspect assez terne. Le marchand prétendait que c'était un perroquet noir, très rare, mais que personne ne voulait le lui acheter à cause de son air maladif.

— Ce Mexicain vous a-t-il donné son nom ? Ou bien y avait-il un nom inscrit sur la carriole ?

— Non, répondit l'acteur en secouant la tête. L'homme était très mal habillé, il toussait beaucoup et il était visiblement pressé de vendre son perroquet. Je le lui ai acheté pour quinze dollars.

Vous comprenez : personne n'en voulait parce qu'il bégayait.

— La carriole était une carriole ordinaire à deux roues ?

— Oui. Elle avait grand besoin d'une couche de peinture. L'âne s'appelait Pablo, si je ne me trompe. C'est tout ce que je peux vous dire.

— Tu penses qu'il avait volé les perroquets, Babal ? demanda Peter.

— Dans ce cas, il ne serait pas allé les vendre en pleine rue. Mais ce qui est certain, c'est que Shakespeare ne lui avait pas toujours appartenu.

— Pourquoi cela ?

— M. Fentriss vient de nous préciser que Shakespeare avait un accent britannique, et le marchand un accent mexicain.

— Tu as raison, reconnut Peter, vexé.

— Maintenant, monsieur Fentriss, parlez-nous de la disparition proprement dite.

— Il y a trois jours, je suis allé me promener, laissant ma porte et ma fenêtre ouvertes. Lorsque je suis rentré, Shakespeare avait disparu. Il y avait des traces de pneus dans mon allée : or, je ne possède pas de voiture. Il était donc clair pour moi que Shakespeare avait été enlevé. Et les policiers ont prétendu qu'il s'était certainement envolé !

Avez-vous jamais entendu parler d'un perroquet qui s'envole et qui emporte sa cage avec lui ?

— Jamais, avoua Hannibal. Pourriez-vous maintenant, monsieur, nous retracer les événements d'aujourd'hui ? Quel rôle a joué le gros homme que nous avons aperçu ?

— Le rôle d'un coquin ! Il est venu me voir et il a commencé par me dire qu'il s'appelait l'inspecteur Claudius. Il se prétendait envoyé par la police. Il m'a posé à peu près les mêmes questions que vous, et je lui ai donné les mêmes réponses. Il m'a demandé si je connaissais quelqu'un qui aurait achcté un autre perroquet à ce marchand : je lui ai cité Mlle Waggoner.

« Il a paru très intéressé et m'a demandé ce que le perroquet disait quand il parlait. Je lui ai répondu : "Être ou ne pas être. Beaucoup de bruit pour rien." Il a semblé encore plus intéressé et il a tout noté.

— Vous ne lui avez pas raconté que Shakespeare bégayait ? questionna Peter.

— Pensez-vous ! À un policier ? Je craignais trop qu'il ne se moquât de moi.

— Et ensuite ? demanda Hannibal.

— Ensuite, il a voulu savoir si le marchand avait encore d'autres perroquets à vendre. Je lui ai parlé de cet oiseau noir à l'air malade. Alors ce Claudius s'est écrié : “C'est sûrement Barbenoire !” À ce moment, je commençais déjà à avoir des soupçons sur ce prétendu policier...

— Pardon de vous interrompre, monsieur Fentriss, fit Hannibal en jetant un coup d'œil sur ses notes. Pourriez-vous me décrire votre perroquet ?

— Il a la tête jaune et le corps bigarré.

— Merci. Que s'est-il passé ensuite ?

— Ensuite, je me suis redressé de toute ma hauteur (le vieux comédien joignit le geste à la parole) et j'ai dit à cet individu : “Vous n'êtes pas de la police. Je vous soupçonne d'être le coquin qui m'a volé mon Shakespeare. Rendez-le-moi immédiatement, ou il vous en cuira.”

— Et alors ?

— À ce moment, nous avons entendu du bruit à l'extérieur. M. Claudius a couru à la fenêtre : il a dû vous voir et penser que des policiers vous accompagnaient. Il s'est jeté sur moi et m'a maîtrisé malgré ma résistance. Ligoté, bâillonné, j'ai dû attendre que vous veniez me délivrer... Je dois vous dire que je ne comprends rien à cette histoire. Tout ce que je veux, c'est retrouver mon Shakespeare. Croyez-vous que vous y réussirez ?

— Les Trois jeunes détectives agiront au mieux de leurs possibilités », répondit gravement Hannibal.

Ayant pris congé, les deux garçons retournèrent à la voiture et trouvèrent Warrington en train de l'astiquer selon son habitude.

« À la maison, monsieur Hannibal ? demanda-t-il.

— À la maison, Warrington. »

Tandis que la Rolls redescendait l'allée, Hannibal se tourna vers son ami.

« Selon moi, dit-il, il est presque certain que ce Claudius a volé Shakespeare. Il sera revenu voir M. Fentriss pour lui soutirer des renseignements complémentaires. Donc, objectif n° 1 : retrouver Claudius. »

— Pour ma part, je n'y tiens pas, répondit Peter. Ce Claudius m'a tout l'air de savoir se servir d'un vrai pistolet aussi bien que d'un faux. D'ailleurs, avec le peu d'indices que nous avons...

— Warrington, attention ! » interrompit Hannibal.

Avertissement inutile. Le chauffeur avait déjà

vu la limousine grise qui remontait l'allée à tombeau ouvert. Un coup de volant jeta la Rolls dans un parterre de fleurs, tandis que, dans un grincement de freins, la limousine dérapait et s'arrêtait presque sur place.

3

Petit Patapon

Les deux automobilistes s'étaient immobilisés, le pare-chocs de la limousine à deux centimètres de la superbe carrosserie de la Rolls. Warrington, rapide mais digne, descendit de voiture et se trouva en face de l'autre conducteur, un petit homme aux yeux vifs qui s'était précipité à sa rencontre.

« Tu ne peux pas regarder où tu vas, espèce de grand singe ? vociférait l'inconnu.

— Mon ami, répondit Warrington, qui dominait son interlocuteur d'une tête et demie, je quit-

tais cette propriété à une allure raisonnable. C'est vous qui conduisez sans la moindre prudence. Vous avez de la chance de n'avoir causé aucun dommage à mon véhicule, car vous auriez eu à vous en repentir. »

Le ton de Warrington n'était rien moins qu'amical. Le petit homme, qui portait des vêtements aux couleurs criardes et semblait autant manquer de vigueur que de distinction, recula d'un pas.

« Attention à toi ! grogna-t-il. Je n'ai pas l'habitude de me laisser insulter par des larbins.

— Je vois, dit Warrington, que monsieur a besoin d'une petite leçon de savoir-vivre. »

Tendant les bras, il voulut saisir l'inconnu aux épaules. Mais celui-ci, l'esquivant, plongea la main dans sa veste, sous son aisselle gauche. À cet instant, la portière arrière de la limousine s'ouvrit et un homme de forte corpulence, somptueusement habillé, en descendit.

« Adams ! commanda-t-il d'un ton sec. Remontez immédiatement en voiture. »

Il parlait avec un léger accent français. Il portait une petite moustache noire et avait un grain de beauté au coin de la bouche.

Son chauffeur hésita un instant, puis, avec un regard sournois, reprit sa place au volant. Un troisième personnage, énorme et hideux, qui se trouvait à l'intérieur de la limousine, observait toute la scène sans bouger.

Le Français s'adressa à Warrington :

« Je suis désolé de la négligence de mon chauffeur, dit-il. Je ne me serais jamais pardonné si ma voiture avait abîmé la vôtre, qui est une merveille. Maintenant, pourrais-je parler à votre maître ? »

À ces mots, Hannibal descendit à son tour et, en excellent comédien qu'il était, prit son air le plus dégagé.

« Vous voulez me parler ? demanda-t-il.

— Vous..., vous êtes le propriétaire de cette Rolls ? questionna l'étranger, visiblement surpris.

— Je m'en sers pour le moment... J'en changerai peut-être dans quelque temps.

— Je vois, dit l'homme. Puis-je me permettre de vous demander si vous êtes un ami de M. Fentriss à qui j'allais rendre visite ?

— Mais oui, répondit Hannibal. M. Fentriss m'honore de sa confiance. Je le quitte à l'instant.

— Alors vous pourriez peut-être me dire comment va son perroquet Shakespeare ?

— Il n'a pas reparu. M. Fentriss en est très affecté.

— Shakespeare n'est donc pas là ! » s'écria l'étranger, sans que son visage indiquât s'il connaissait déjà la nouvelle ou s'il venait de l'apprendre. « Et l'on n'a aucune nouvelle de lui ?

— Aucune. Nous allions justement au commissariat de police pour demander où en est l'enquête. Souhaiteriez-vous, monsieur, participer aux recherches entreprises ?

— Certainement pas, dit l'étranger, à qui le mot "police" avait produit une fâcheuse impression. Je voulais simplement savoir ce qu'il en était. Puisque vous m'apprenez que Shakespeare manque toujours à l'appel, je ne vais même pas déranger M. Fentriss. »

Sans donner son nom, l'étranger remonta dans sa limousine et commanda :

« À l'hôtel.

— Bien, monsieur », répondit Adams, qui jeta un coup d'œil menaçant à Warrington, avant de faire faire demi-tour à sa voiture.

La Rolls démarra à son tour.

« Si vous le permettez, monsieur Hannibal, dit Warrington, j'aimerais vous exprimer à quel point j'ai admiré votre conduite au cours de ce regrettable incident.

— Merci, Warrington.

— Moi, dit Peter, je n'ai pas compris grand-chose.

— Ces hommes, expliqua Hannibal, sont, j'imagine, des bandits professionnels. Le chauffeur avait certainement un pistolet sous l'aisselle et il a failli dégainer... J'ai eu une heureuse idée de parler de police. Ce qui m'étonne, c'est que des individus de ce genre s'intéressent à un perroquet perdu. Je ne doute pas que, avec le temps, nous trouvions le mot de cette énigme, mais, pour le moment, j'avoue que je suis au comble de la perplexité.

— Alors nous en sommes au même point, toi et moi », dit Peter.

Soudain, Warrington freina brusquement.

Sur la chaussée, se tenait une dame, petite et rondelette, qui, sans prêter la moindre attention à la circulation, paraissait s'adresser à un personnage dissimulé dans les buissons qui bordaient la route.

« Viens ici, mon joli ! Viens, mon coco ! » Viens chez tante Irma ! J'ai de bonnes petites graines à te donner...

— Descendons, fit Hannibal. Nous pouvons peut-être donner un coup de main à cette dame. »

Les garçons descendirent donc de voiture et s'approchèrent de la dame qui, la tête de côté, flûtait d'une voix d'oiseau :

« Mon petit Patapon est perdu et je ne sais pas où il peut être...

— Pardonnez-moi, madame, commença Hannibal, votre petit Patapon est-il un perroquet ?

— Grand Dieu, oui ! s'écria la dame. Comment l'avez-vous deviné ? »

Hannibal lui montra une de ses cartes.

« Nous sommes des détectives, expliqua-t-il, et nous travaillons par déduction. Je vois que vous avez déposé une cage à perroquet dans l'herbe et que vous tenez à la main des graines de tournesol, dont les perroquets sont particulièrement friands. J'en ai conclu que vous êtes à la recherche d'un perroquet. »

Peter avait fait les mêmes déductions et trouvait cela enfantin, mais l'admiration de la bonne dame ne connut pas de bornes.

« Il faut, dit-elle, que vous veniez chez moi : je vous expliquerai comment Patapon a disparu et vous m'aiderez peut-être à le retrouver.

— Attendez-nous, Warrington », dit Hannibal au chauffeur.

Quelques instants plus tard, les garçons étaient assis dans le salon d'un bungalow qu'un bouquet de bananiers séparait de la rue.

« Corrigez-moi si je me trompe, commença alors Hannibal en s'adressant à la maîtresse de maison. Vous vous appelez Mlle Waggoner. Vous avez acheté Patapon il y a quelques semaines. La personne qui vous l'a vendu est un marchand ambulant qui parlait avec un fort accent mexicain.

— Dieu du ciel ! s'écria Mlle Waggoner. Mais vous êtes le meilleur détective que j'aie jamais rencontré. Vous savez mon nom !

— Voyons, mademoiselle, c'est l'enfance de l'art, repartit Hannibal. M. Fentriss m'avait parlé d'une demoiselle Irma Waggoner, et vous incitiez votre perroquet à venir chez "tante Irma".

— Je ne sais pas si c'est l'enfance de l'art : je sais que c'est tout simplement remarquable ! s'écria la bonne dame. À propos de M. Fentriss, puisque vous le connaissez, dites-moi donc s'il a remis la main sur son Shakespeare ?

— Non, mademoiselle, répondit Peter. Nous sommes justement en train de le chercher. Pouvez-vous nous expliquer comment Patapon a disparu ?

— Eh bien, j'étais allée jusqu'à l'oisellerie pour acheter des graines de tournesol à Patapon qui n'en avait plus. Or, il faut vous dire qu'il adore ça. En sortant, voilà-t-il pas que je manque de me faire renverser par une petite voiture noire de marque étrangère, qui tournait le coin à toute vitesse. De nos jours, les gens conduisent comme des fous. »

Peter et Hannibal échangèrent un coup d'œil. La dernière fois qu'ils avaient vu M. Claudius, il était dans une petite voiture noire, de marque étrangère, et il se dirigeait vers le quartier où habitait Mlle Waggoner.

« N'importe, poursuivit la bonne demoiselle. Je suis allée acheter mes graines, je suis rentrée sans me presser – il fait si beau aujourd'hui –, et j'ai trouvé cette cage ouverte et mon Patapon envolé. J'ai aussitôt pensé que c'était moi qui avais oublié de fermer la cage et que le cher petit était allé se promener. J'essayais de le retrouver quand vous êtes arrivés.

— Avez-vous revu la voiture noire qui a failli vous renverser, mademoiselle Waggoner ? demanda Hannibal.

— Oh ! non. Elle est passée en trombe. Dites-moi, vous ne pensez pas que c'est le gros homme qui la conduisait qui m'a volé mon Patapon ?

— Je crains bien que si, mademoiselle. Il a sans doute également volé Shakespeare chez M. Fentriss.

— Quel méchant homme ! se récria Mlle Waggoner. Mais pourquoi se donner tant de mal pour voler des perroquets ? Il pourrait en acheter. »

C'était précisément la question que Peter se posait lui-même. Pour l'instant, il n'y avait pas de réponse.

« Nous le saurons plus tard, répondit Hannibal. Dites-moi, Patapon parlait-il ?

— Bien sûr qu'il parlait ! Il disait : "Petit Patapon a perdu ses moutons. Il faut aller voir Sherlock Holmes." Curieux discours pour un perroquet, n'est-ce pas ?

— En effet, acquiesça Hannibal. Cette phrase, Patapon la prononçait-il avec l'accent anglais ?

— Oui ! Un accent très distingué, même. »

Hannibal nota soigneusement toutes les informations recueillies : il les transmettrait à Bob Andy qui tenait à jour les archives des Trois jeunes détectives.

« Mademoiselle, dit le détective en chef, lorsqu'il eut terminé, je suis persuadé que le gros homme qui se fait appeler M. Claudius a pénétré chez vous en votre absence et vous a volé Patapon. Vous devriez prévenir la police.

— La police ! se récria la pauvre demoiselle. Oh ! je ne saurai jamais expliquer toute cette histoire à la police. Non, non, je vous en prie, aidez-moi à retrouver Patapon, vous qui êtes des détectives si compétents et qui ne m'intimidez pas.

— Très bien, mademoiselle Waggoner, accepta Hannibal. Comme je suis sûr que c'est M. Claudius qui détient les deux perroquets, nous pourrons conduire de front les deux enquêtes.

— Que je vous suis reconnaissante ! Je me sens déjà un peu rassurée.

— Encore un point à élucider : vous avez bien acheté Patapon à un marchand ambulant mexicain avec une carriole à deux roues tirée par un âne ?

— Oui. Le Mexicain toussait. Il paraissait très malade, le pauvre homme.

— Vous a-t-il donné une facture ?

— Mon Dieu, non ! Je n'aurais jamais pensé à lui en demander une !

— La carriole ne portait ni nom ni adresse ? »

Mlle Waggoner secoua la tête. Les garçons, n'ayant plus de questions à poser, prirent congé.

Aussitôt qu'ils furent dans la rue, Peter saisit son compagnon par le bras.

« Babal, m'expliqueras-tu comment tu vas t'y prendre pour retrouver deux perroquets qui sont peut-être déjà aux antipodes ? Je sais bien que

Shakespeare et Patapon étaient des oiseaux instruits qui connaissaient à fond la littérature anglaise, mais ça ne nous avance pas beaucoup. »

Hannibal prit l'air pensif.

« Trouves-tu que M. Claudius ait l'air d'un esprit léger et frivole ? demanda-t-il.

— Pas précisément, répondit Peter.

— Or, il s'est donné la peine de voler deux perroquets portant des noms particuliers et ayant des aptitudes particulières. Nous pouvons supposer qu'il avait une raison sérieuse pour agir de la sorte.

— Admettons. Mais quelle chance avons-nous de le retrouver ?

— Ce n'est pas une question de chance, répondit noblement Hannibal : c'est une question de raisonnement... Attention ! »

Se jetant sur Peter, le détective en chef le déséquilibra ; les deux garçons roulèrent sur la pelouse qui bordait la chaussée. Un objet plat, rouge et pesant, fendit l'air au-dessus d'eux et alla se planter dans la terre un peu plus loin.

« Laisse-moi, tu m'écrases. Je ne peux plus respirer », gémit Peter.

Hannibal se releva. Peter reprit son souffle. Déjà le détective en chef avait retiré du sol le pro-

jectile qu'il venait d'éviter. C'était une tuile rouge, comme celles du bungalow de Mlle Waggoner.

« Si elle avait atteint l'un de nous, elle l'aurait envoyé à l'hôpital pour un bout de temps, remarqua Hannibal. Heureusement, j'ai vu que les buissons bougeaient...

— M... merci, balbutia Peter. Qui nous a lancé cela ?

— Je n'ai pas vu le lanceur. Mais c'est sûrement quelqu'un qui ne tient pas à ce que nous nous occupions de Shakespeare et de Patapon. »

4

Le Roquet de la porte rouge

Bob Andy terminait son dessert lorsque sa mère, une charmante jeune femme, mince et châtaine, voyant que Bob ne quittait pas le téléphone des yeux, s'écria tout à coup :

« Mon Dieu ! J'ai reçu un message pour toi et j'ai oublié de te le transmettre. C'est d'Hannibal Jones.

— Qu'est-ce qu'il me dit, ce message, maman ?

— Attends, je l'ai noté quelque part. Tu sais, il est impossible de se rappeler mot pour mot les messages d'Hannibal Jones : ils sont si bizarres. Ah ! le voici. »

Elle tira un papier de sa poche et lut :

« Pour qu'un peu plus vite l'enquête bouge, adresse-toi au Roquet de la porte rouge. Sois prudent, on ne l'est jamais trop : suis la flèche et viens au bureau. »

Mme Andy poussa un profond soupir.

« Je me demande ce que cela peut signifier. Vous avez inventé un code, peut-être ?

— Mais non, maman. Cela me paraît parfaitement clair.

— Pas à moi.

— Oui, bien sûr, c'est exprès. Si une personne étrangère à la firme recevait ce message par erreur, elle le prendrait pour un texte codé et indéchiffrable.

— La personne étrangère à la firme, je suppose que c'est moi ?

— Mais non, toi, je t'expliquerai, si tu veux. Nous sommes à la recherche d'un perroquet perdu.

— Voilà qui me paraît très inoffensif, commenta Mme Andy, visiblement soulagée.

— Et le Roquet de la porte rouge...

— Ça n'a pas d'importance. Puisque tu as fini

de dîner, tu peux aller retrouver ton ami. Ne rentre pas trop tard. »

Bob ne se le fit pas dire deux fois. Quelques minutes plus tard, il roulait à bicyclette vers le *Paradis de la Brocante*, entrepôt de bric-à-brac appartenant à M. Titus Jones, l'oncle d'Hannibal.

Ce magasin, probablement le plus pittoresque des États-Unis, était entouré par une haute palissade de bois, sur laquelle des artistes de la région avaient peint des scènes variées, pour exprimer leur reconnaissance à M. Jones qui leur faisait toujours des prix de faveur.

L'une des façades, celle qui donnait sur la ruelle que Bob suivait, avait été décorée d'une gigantesque fresque représentant le grand incendie de San Francisco en 1906. On voyait des pompiers affairés, des citadins fuyant le sinistre, des pompes tirées par des chevaux et des immeubles en flammes.

Après s'être assuré que personne ne l'observait, Bob s'approcha d'un endroit où figurait un petit chien regardant tristement sa maison dévorée par de grandes flammes rouges. Un nœud dans le bois servait d'œil au roquet.

Bob retira le nœud avec ses ongles, puis, introduisant son doigt dans l'orifice, souleva un loquet. Trois planches pivotèrent d'un coup. Poussant sa bicyclette, Bob entra, grâce « au Roquet de la porte rouge ».

Les jeunes détectives avaient pratiqué quatre ouvertures secrètes dans la palissade du bric-à-brac, si bien qu'ils pouvaient entrer et sortir sans que personne s'en doutât.

Une fois à l'intérieur, Bob gara sa bicyclette dans un coin, puis se mit à quatre pattes. Un amoncellement de matériaux de construction formait une sorte de caverne. Au-dessus, on voyait une vieille pancarte portant le mot « Bureau » et une flèche indiquant la direction à prendre. Cette petite plaisanterie amusait beaucoup les trois jeunes détectives : la flèche indiquait réellement la direction de leur PC secret.

La caverne aboutissait à un couloir à ciel ouvert, serpentant entre des tas d'objets inutilisables. Ensuite, il fallait ramper encore sur quelques mètres et on arrivait à la porte 4, qui donnait directement sur le PC.

Bob frappa trois coups, puis un, puis deux, au panneau devant lequel il se trouvait. Le panneau s'ouvrit et Bob entra.

Le PC était installé dans une vieille roulotte délabrée, entourée d'un tel amoncellement de

REAU

bric-à-brac que, de l'extérieur, on ne pouvait même plus déceler son existence. M. Jones lui-même, qui avait permis aux garçons de faire ce qu'ils voulaient de la roulotte, ignorait qu'ils l'avaient transformée en un bureau muni d'une machine à écrire, d'un téléphone, d'un magnétophone et d'un laboratoire photographique. Tout ce matériel provenait du marché de brocante familial et avait été remis en état par les soins d'Hannibal – à l'exception du téléphone, bien entendu : les garçons se cotisaient pour payer l'abonnement.

Hannibal Jones trônait dans le fauteuil directorial et grignotait son crayon. Peter Crentch dessinait des perroquets.

« Bonsoir, Bob. Tu es en retard, fit observer le chef.

— Maman avait oublié de me transmettre ton message. Dis donc, j'ai l'impression que notre réunion est ultra-secrète ?

— Exact, reconnut Hannibal. J'ai aidé tante Mathilda toute la journée à nettoyer la maison et, maintenant, elle demande que je lave les carreaux. Je vais le faire, bien sûr, mais j'ai voulu mettre au point un plan de travail pour que vous deux, au moins, vous poursuiviez nos investigations concernant l'affaire Shakespeare.

— Moi, dit Peter, je ne vois pas du tout comment tu vas retrouver ce gars Claudius. La police pourrait mettre la main sur la voiture, bien sûr, mais elle ne voudra jamais prendre au sérieux une histoire de perroquets !

— D'ailleurs nous avons promis le secret à M. Fentriss et à Mlle Waggoner, ajouta Hannibal. Néanmoins, il faut retrouver M. Claudius ou s'avouer battus.

— Moi, j'ai une idée, intervint Bob. Nous pouvons questionner les gens. À la longue, nous trouverons bien quelqu'un qui aura remarqué la voiture de M. Claudius. Et une fois que nous aurons repéré la voiture, Claudius ne sera pas loin.

— Les gens manquent totalement d'esprit d'observation, objecta Hannibal. Le plus souvent, les témoins oculaires d'un accident se contredisent.

— Pas les enfants, répliqua Bob. Les enfants sont de très bons observateurs de tout ce qui les intéresse. Et tous les garçons s'intéressent aux autos. Sur les quelques milliers de garçons de Hollywood et de Los Angeles, je suis certain qu'il s'en trouverait au moins un qui se rappellerait parfaitement la Ranger de M. Claudius.

— Bob, s'écria Hannibal, ton idée est brillante !

— Tu le penses vraiment, ou tu te moques de moi ?

— Je le pense vraiment. Elle est ingénieuse et simple, donc brillante. Tu as raison : les garçons s'intéressent aux voitures, surtout à des voitures qu'ils n'ont pas l'habitude de voir souvent. Seulement, de toute évidence, nous ne pouvons questionner plusieurs milliers de garçons à nous trois.

— Alors, qu'allons-nous faire ? » demanda Peter, qui ne comprenait pas pourquoi l'idée de Bob était brillante si elle était en même temps irréalisable.

Hannibal se pencha vers ses compagnons et déclara :

« Nous allons organiser un relais fantôme. »

5

Le relais fantôme

Hannibal avait annoncé sa décision du ton dont on parle des choses les plus courantes. Mais ni Peter ni Bob n'avaient la moindre idée de ce que leur ami entendait par un relais fantôme.

« Qu'est-ce que c'est que cette bête-là ? demandèrent-ils d'une seule voix.

— Une méthode consistant à recueillir de l'information sans avoir un contact direct avec les informateurs, expliqua Hannibal.

— Qu'est-ce que les fantômes viennent faire là-dedans ?

— Il n'y a pas réellement de fantômes. Il y a simplement des milliers d'informateurs qui travailleront pour nous et que nous ne connaîtrons pas. De là ce nom de fantôme. C'est un nom pittoresque.

— C'est le moins qu'on puisse dire.

— Autre avantage : comme je viens d'inventer cette expression, les profanes qui nous entendront parler ne comprendront pas de quoi il s'agit.

— Très juste ! remarqua Bob.

— D'ailleurs, ajouta Peter, si tu as inventé la méthode, tu peux l'appeler comme tu veux.

— Et comment fonctionne-t-elle ? demanda Bob.

— Oh ! c'est très simple. Combien de copains as-tu dans le voisinage ?

— Dix ou douze. Pourquoi ?

— Tu vas comprendre tout de suite. Peter, combien de copains as-tu, sans compter ceux de Bob que tu connais aussi ?

— Six ou sept, dit Peter. Où ça te mène-t-il ?

— Tu vas voir. Je dois avoir quatre ou cinq amis, moi, que vous ne connaissez pas. Maintenant, Peter, répète le signalement de la voiture de M. Claudius ; et toi, Bob, prends-le en note.

— Ranger, modèle sport, à deux portières ; carrosserie noire, intérieur rouge. La voiture semble neuve. La plaque d'immatriculation est de Californie et le numéro se termine par un 13. »

Bob notait. Hannibal ajouta :

« Le conducteur, qui se fait appeler M. Claudius, est un homme corpulent portant des lunettes très épaisses. Je considère que ces informations doivent suffire. Maintenant, passons à l'application de notre méthode.

« Je vais commencer par téléphoner à cinq copains à qui je demanderai s'ils ont vu une Ranger noire. Admettons qu'ils n'aient rien vu. Dans ce cas, je chargerai chacun d'entre eux de poser la même question à cinq de leurs amis, qui recommenceront avec cinq des leurs, etc., jusqu'à ce que nous obtenions des résultats. Chaque correspondant recevra communication de notre numéro de téléphone. Toute personne susceptible de nous renseigner sur la voiture recherchée devra nous appeler demain matin à dix heures, afin de nous transmettre directement l'information recueillie. Maintenant, avez-vous compris ce qu'est un relais fantôme ?

— Sensationnel ! s'écria Bob.

— Mazette ! fit Peter. D'ici demain matin, il

n'y aura pas un garçon en Californie qui ne soit en train de rechercher la Ranger noire.

— Voyez-vous quelque chose à reprendre à ce système ? demanda Hannibal.

— Je pense, dit Peter, que nous pourrions offrir une récompense. C'est ce qu'on fait généralement lorsqu'on est à la recherche d'un renseignement.

— Exact, reconnut Bob. Cela rendra la chose plus intéressante pour les correspondants.

— L'idée est bonne, déclara Hannibal. Mais que pouvons-nous offrir ? Nous n'avons presque pas d'argent.

— Une promenade en Rolls, suggéra Peter. N'importe quel garçon qui s'intéresse aux voitures serait ravi de faire un tour dans la nôtre. Nous lui permettrions même d'utiliser le téléphone qui se trouve à bord pour appeler ses amis.

— Nous pourrions aussi, proposa Bob, récompenser le premier informateur en le laissant choisir un petit cadeau dans le Paradis de la Brocante.

— Je ne connais pas un seul garçon qui ne serait alléché par une offre pareille, renchérit Peter.

— Malheureusement le Paradis n'est pas à

nous, objecta Hannibal. Comment pourrions-nous donner quelque chose qui ne nous appartient pas ? »

L'objection était de taille. Mais Peter se rappela que M. Titus Jones, l'oncle d'Hannibal, devait une petite somme aux garçons, car ils l'avaient aidé à réparer des objets qu'il voulait vendre. L'addition faite, ils se trouvèrent collectivement en possession d'un crédit de 25 dollars et 13 *cents*. On tomba donc d'accord pour offrir une récompense consistant en *a)* une promenade dans la Rolls dorée ; *b)* un objet à choisir dans le stock du Paradis de la Brocante, pour une valeur n'excédant pas $ 25,13.

Cela étant réglé, on commença à téléphoner. Hannibal appela le premier de ses cinq amis. Aucun d'entre eux n'avait remarqué la Ranger, mais ils acceptèrent tous de collaborer au relais fantôme.

Hannibal, empruntant le tunnel 2, put alors rejoindre sa tante Mathilda et lui laver tous les carreaux qu'elle voulait, tandis que Peter et Bob prenaient la relève. Ils n'eurent aucune difficulté à se faire comprendre de leurs camarades et à s'assurer leur concours. Les garçons étaient ravis de participer à une véritable enquête.

Bob et Peter n'avaient pas encore fini de téléphoner eux-mêmes que déjà leurs premiers correspondants transmettaient le message.

Lorsque Bob rentra chez lui, il trouva sa mère perplexe. Elle était en train de raccrocher le téléphone.

« Je ne comprends pas ce qui se passe, dit-elle. J'essaie d'appeler des amies pour régler une question concernant notre club et toutes les lignes sont occupées. »

— Est-ce que ces dames ont des enfants de mon âge, m'man ?

— Il me semble que oui.

— Alors, dit Bob, tu pourrais attendre un quart d'heure et les appeler ensuite. »

Une fois dans sa chambre, il s'assit à sa table de travail et se lança dans de grands calculs. Les Trois jeunes détectives avaient donné eux-mêmes trois fois cinq, soit quinze coups de téléphone. Si chacun de ces quinze correspondants en appelait cinq autres, cela en ferait soixante-quinze. Cinq fois soixante-quinze, cela donnerait trois cent soixante-quinze ; et cinq fois trois cent soixante-quinze, mille huit cent soixante-quinze, et cinq fois...

Bob poussa un petit sifflement. Rien d'étonnant à ce que le signal « pas libre » se fît entendre un peu partout.

Se plongeant dans les notes qu'il avait réunies sur ce qu'il appelait déjà le mystère du perroquet bègue, Bob sentit qu'un point particulier lui demeurait obscur. De quoi s'agissait-il exactement ? Pas de la raison mystérieuse qui poussait le gros M. Claudius à voler des perroquets : c'était là l'énigme centrale, qui ne pouvait être résolue sans faits nouveaux. Il s'agissait plutôt du

bégaiement de Shakespeare. Les perroquets ne bégaient pas, à moins qu'on ne leur apprenne à le faire. Donc, quelqu'un avait appris à Shakespeare à dire : « Être ou ne pas être. Beaucoup de-de de b-bruit pour rien. » Donc...

Bob en était là de ses réflexions lorsque, s'étant

déshabillé et débarbouillé tout en méditant, il s'endormit. Au milieu de la nuit, il s'éveilla. Quelqu'un venait de lui chuchoter à l'oreille, dans un rêve : « Petit Patapon a perdu ses moutons. Il faut aller voir Sherlock Holmes... »

Le lendemain matin, les trois détectives se retrouvèrent au PC. Fébrilement, ils attendirent les résultats du relais fantôme.

À dix heures précises, le téléphone sonna.

Hannibal saisit le récepteur, non sans quelque précipitation, comme s'il avait craint que l'objet s'envolât.

« Allô ? Ici, Hannibal Jones. Oui, c'est moi qui recherche des renseignements sur... Oui, oui ? Dites-moi d'abord si le numéro d'immatriculation finissait bien par 13 ?... Non ?... Alors je regrette. Ce n'est pas la voiture que je cherche à identifier. Merci tout de même »

Il raccrocha, l'air déçu.

« Un garçon de Hollywood, commenta-t-il. Mais ce n'est pas notre Ranger... »

Le téléphone sonna.

Plus calme, Hannibal n'oublia pas, cette fois-ci, de placer le récepteur près du micro qu'il avait installé dans le bureau, de façon que ses amis puissent entendre ses entretiens téléphoniques.

Le correspondant s'annonça. Il téléphonait de Santa Monica et il avait vu une Ranger noire devant un restaurant, la veille au soir. Un couple en était sorti. La Ranger était nettement usagée. Ce n'était donc pas la bonne.

Il y eut encore huit coups de téléphone. Hannibal prit soin de poser les questions nécessaires et s'assura ainsi que les voitures signalées n'étaient pas celle qu'il voulait identifier.

Autrement dit, le relais fantôme n'avait rien donné.

Et les Trois jeunes détectives n'avaient toujours pas la moindre indication leur permettant de remonter jusqu'à M. Claudius.

6

Un visiteur imprévu

Les garçons en étaient à échanger des regards déconfits lorsque, soudain, la voix puissante de tante Mathilda, la femme de M. Titus Jones, retentit à travers le Paradis de la Brocante.

« Hannibal ! criait la robuste Mme Jones. Hannibal, où es-tu fourré ? Tu as de la visite ! Un petit Mexicain... »

Un petit Mexicain ! Les Trois jeunes détectives eurent la même idée au même moment. Ils pensèrent au marchand de perroquets qui avait un accent mexicain.

Ils se précipitèrent dans le tunnel 2. Une trappe ménagée dans le plancher de la roulotte permettait de s'introduire dans une grosse buse en ciment dans laquelle il ne s'agissait plus que de ramper sur une dizaine de mètres. Puis on arrivait à un grillage métallique. Peter, qui était passé le premier, repoussa le grillage, et les trois garçons débouchèrent dans ce que Hannibal appelait son atelier, c'est-à-dire un coin de l'entrepôt où les garçons faisaient ce qu'ils voulaient. C'est là, en particulier, qu'ils avaient installé la presse qui imprimait leurs cartes professionnelles.

Mme Jones appelait toujours. Les garçons, contournant un amas de bric-à-brac, débouchèrent dans la partie centrale de l'entrepôt.

« Tu as besoin de moi, tante Mathilda ? » demanda Hannibal.

Près de Mme Jones attendait un garçon mexicain, de la taille de Bob. Il portait un pantalon et une chemise fort déchirés. Il tenait par la bride un petit âne attelé à une vieille carriole à deux roues.

« Ce garçon veut te voir, Hannibal, dit Mme Jones. Tu peux disposer de ton temps, aujourd'hui. Mais demain, je te préviens qu'il y

aura du travail : ton oncle rentre d'une tournée d'achats.

— Oui, tante Mathilda », répondit Hannibal.

Mme Jones rentra dans le bureau du Paradis de la Brocante.

Le petit Mexicain n'avait pas bougé ; ses yeux noirs erraient d'un objet à l'autre. Enfin il se tourna vers les garçons et s'adressa à Hannibal dont l'assurance naturelle attirait les regards.

« Señor Hannibal ? questionna le Mexicain.

— Je suis Hannibal Jones, répondit le gros garçon.

— Et moi je m'appelle Carlos », fit l'autre.

Son accent mexicain ne manquait pas de charme.

« Est-ce que je pourrais *admirar* l'auto ? demanda-t-il.

— Quelle auto ? s'étonna Hannibal.

— Il veut parler de la Rolls, expliqua Peter.

— Elle est au garage, dit Hannibal.

— *Una* auto *dorada*. J'aimerais bien l'*admirar*... » murmura Carlos.

Il allait sourire aux garçons, puis, soudain effrayé, il reprit son sérieux :

« *Perdone*, señor Hannibal. Les autos, j'aime

tellement ça. Toutes les autos. Un jour, j'en aurai une à moi.

— Si tu es venu parler d'autos, allons dans mon atelier », dit Hannibal.

Carlos hésita un instant. Puis il attacha la bride de son âne autour d'un poteau et caressa affectueusement l'animal.

« Je reviens tout de suite, Pablo ! »

Quelques instants plus tard, les quatre garçons étaient assis en rond dans l'atelier d'Hannibal, et Carlos regardait avec stupéfaction les objets hétéroclites qui l'entouraient.

« Carlos, sais-tu quelque chose au sujet d'une Ranger noire ? » questionna Hannibal.

Carlos hocha vigoureusement la tête.

« *Si, si,* señor Hannibal !Hier, à la *noche*, mon ami Esteban est venu à la *casa*. Il a raconté qu'un señor Hannibal Jones voulait des renseignements sur une Ranger *negra* avec un numéro finissant par *tres.* »

Retenant leur respiration, les jeunes détectives attendaient ce qui allait suivre. Carlos les regarda, plein d'espoir.

« Esteban a dit aussi, ajouta-t-il, qu'il y aurait une *recompensa*.

— Tu parles, qu'il y a une récompense !

s'écria Peter, d'un ton tel que Carlos prit de nouveau peur. Tu as vu la Ranger ? Tu sais où elle est ?

— J'ai vu la Ranger et le gros señor, mais je ne sais pas où ils sont maintenant. C'était... (il compta sur ses doigts) Il y a, deux... sept jours !

— Sept jours ! fit Peter, déçu. Et après sept jours, tu es capable de te souvenir d'une voiture ?

— Oh ! oui, j'aime tant les autos. Je rêve d'autos... La Ranger *negra*, c'était une si belle auto. Je me rappelle le numéro : AK *cuatro, cinco, uno, tres*. Les sièges étaient tout couverts de cuir rouge. Avec une petite égratignure sur le pare-chocs avant. Et un petit creux sur le pare-chocs arrière. »

Les jeunes détectives considérèrent Carlos avec respect. Beaucoup de garçons savent identifier la marque et l'année de la plupart des voitures qu'ils voient, mais de là à se rappeler le numéro et les égratignures une semaine plus tard !...

« Cela permettrait certainement à la police de retrouver notre homme, dit Hannibal en se pinçant la lèvre, mais nous avons promis de ne pas avertir la police, justement. Tu n'aurais pas revu la Ranger plus récemment, Carlos ? »

Le petit Mexicain secoua la tête, tristement.

« Pas moyen, alors, pour la *recompensa* ? demanda-t-il. Pas moyen de faire un tour dans une si jolie auto toute *dorada ?*

— On verra ça, Carlos, promit Hannibal. D'abord, raconte-nous dans quelles circonstances tu as vu M. Claudius et sa Ranger.

— Il était venu voir mon oncle Ramos, pour les *papagayos.*

— Les quoi ?

— Les *papagayos*... les perroquets.

— Pour les perroquets ? hurla Peter. Alors, c'est ton oncle qui a vendu Shakespeare et Patapon ?

— Et les autres aussi. Tous les perroquets avec des drôles de noms, c'est lui qui les a vendus.

— Quels drôles de noms ? » demanda Hannibal.

Carlos passa sa main dans ses cheveux noirs et touffus.

« D'abord Shakespeare et Patapon, répondit-il.

— Ceux-là, nous les connaissons, dit Peter. Et puis ?

— *Después* Sherlock Holmes et Robin des Bois.

— Sherlock Holmes et Robin des Bois, répéta Peter en prenant des notes. Et puis ?

— *Después* Capitaine Kidd et Scarface. Scarface, il n'a qu'un œil.

— Ça fait six, compta Bob. C'est tout ?

— Encore Barbenoire le Pirate. Ils étaient de toutes les couleurs, avec la tête jaune... Sauf Barbenoire.

— Barbenoire le Pirate, dit Bob, c'est sûrement l'oiseau dont M. Fentriss a parlé à M. Claudius et qui a paru l'intéresser si vivement. Tu penses que les sept sont impliqués dans l'affaire, Babal ?

— Cela reste à déterminer. Carlos, tu affirmes bien que le gros bonhomme est venu voir ton oncle Ramos au sujet de ces perroquets, il y a une semaine ?

— Oui, oui, il est venu les chercher.

— Et ton oncle les lui a donnés ?

— Non, señor, répondit tristement Carlos. Mon oncle les avait déjà vendus. Le gros señor aurait donné mille dollars pour les avoir. Mais ils n'étaient plus chez oncle Ramos. Alors le señor a demandé où ils étaient. Et comme mon oncle ne se rappelait plus très bien à qui il les avait vendus, le señor s'est fâché tout rouge. Mais ce n'était pas juste, señor Hannibal. Car mon oncle Ramos, il ne sait ni lire ni écrire. Il a vendu les *papagayos* et il a pris l'argent, sans faire de factures.

— Depuis cette visite, Claudius essaie de repérer ces perroquets, dit Hannibal, et, pour une raison inconnue, il dérobe ceux qu'il trouve. Les renseignements commencent à arriver, vous voyez. Le relais fantôme a donné des résultats, encore que ce ne soit pas exactement ceux que nous attendions.

— Si tu veux mon avis, nous commençons à en avoir un peu trop, de renseignements ! s'écria Peter. Nous avons démarré avec un perroquet à retrouver. Puis nous en avons eu deux. Et maintenant, je suppose que tu veux les retrouver tous les sept ? »

Hannibal ne repoussa pas cette accusation.

« Les sept oiseaux font partie intégrante du même mystère, déclara-t-il. Pour percer le mystère, il va falloir retrouver les volatiles.

— Hep là ! Qui a parlé de percer un mystère ? Il ne s'agissait que de remettre la main sur Shakespeare et Patapon... »

Vaines récriminations : Bob savait bien que Peter prêchait pour rien, et Peter le savait aussi.

Un mystère, pour Hannibal Jones, c'était comme un os pour un bouledogue : il ne le lâcherait pas tant qu'il n'en aurait pas extrait la moelle.

Pour l'instant, le détective en chef s'adressait au jeune Mexicain.

« Carlos, dit-il, nous te sommes très obligés des renseignements que tu nous as fournis. Mais pourquoi t'es-tu dérangé ? Tu aurais pu téléphoner.

— J'espérais ramener la *recompensa* dans ma carriole, répondit Carlos. Et puis, señor Hannibal, je n'avais pas de quoi payer le *telefono...* »

Les Trois jeunes détectives échangèrent un coup d'œil. Bien sûr, ils n'étaient riches ni les uns ni les autres. Mais de penser que certaines personnes ne pouvaient même pas s'offrir un jeton de téléphone, cela les impressionna profondément.

Hannibal remarqua alors l'extrême maigreur de Carlos.

« Bon, fit-il. Écoute, Carlos, de toute façon tu as droit à une partie de la récompense, puisque tu nous as mis sur la voie de ce que nous cherchons. Ce que nous espérions avoir, c'était l'adresse de M. Claudius.

— L'adresse du gros señor ! s'écria Carlos,

dont les yeux brillèrent de joie. Oh ! mais ça, c'est facile ! »

De sa poche, il tira une carte de visite.

« Le gros señor a donné sa carte à mon oncle Ramos pour qu'il le prévienne s'il retrouve une des personnes à qui il a vendu les *papagayos.* »

Sur la carte, on lisait le nom et l'adresse de M. Claudius. Grâce au relais fantôme, le renseignement désiré était obtenu.

Comme les trois garçons se bousculaient pour lire l'inscription, une lampe rouge se mit à clignoter au-dessus de la presse à imprimer. Elle indiquait que le téléphone sonnait au PC. Il fallait répondre.

« Carlos, ferme les yeux ! commanda Hannibal.

— *Si*, señor Hannibal, fit Carlos en obéissant.

— Peter, reste avec lui. Bob, viens avec moi. Nous serons là dans un moment. »

Pendant que Carlos avait les yeux fermés, Bob et Hannibal plongèrent dans la buse et regagnèrent secrètement le PC.

Hannibal décrocha.

« Allô ! » fit une voix.

C'était une voix de femme, et on aurait cru que

la correspondante inconnue craignait d'être entendue, car elle parlait très bas.

« C'est vous, Hannibal Jones, ce garçon qui cherche la voiture de M. Claudius ?

— Moi-même, madame. Pouvez-vous me dire où elle se trouve ?

— Elle se trouve dans un endroit où personne ne peut la voir, répondit la voix, d'un ton irrité. Et je ne vous conseille pas d'essayer, vous comprenez ? M. Claudius est très violent de caractère et il peut être dangereux de se mêler de ses affaires. Occupez-vous des vôtres : ce sera plus sûr. »

La correspondante raccrocha.

Bob et Hannibal s'entre-regardèrent. À la main, Hannibal tenait encore la carte qui portait l'adresse de M. Claudius. Seulement, après cet avertissement...

Lentement, Hannibal remit la carte dans sa poche.

« Chaque chose en son temps, décida-t-il. D'abord, il faut donner sa récompense à Carlos. Ensuite il faut aller voir son oncle qui nous fournira sans doute des informations complémentaires. Enfin il sera temps de s'occuper de M. Claudius. »

Ce fut un étrange cortège qui quitta Rocky quelque deux heures plus tard. En avant, bien sûr, roulait la magnifique Rolls avec Warrington au volant. Hannibal, Peter et Carlos avaient pris place derrière. Bob avait dû les quitter pour aller travailler à la bibliothèque où il aidait à des travaux de classement.

Carlos ne pouvait retenir son émotion. Du bout des doigts, il caressait les garnitures dorées, le cuir des sièges ; les yeux écarquillés, il contemplait le téléphone plaqué or.

« Toute *dorada*, une auto toute *dorada* ! répétait-il. Je n'avais jamais pensé que je roulerais un jour dans une auto pareille. »

Les automobiles, Carlos s'y connaissait, pas de doute là-dessus. Toutes celles qu'il voyait, il les cataloguait, en identifiait la marque, l'année et le modèle, sans la moindre hésitation. Sa plus chère ambition était de devenir mécanicien et de posséder un garage à lui.

Derrière la Rolls, roulait un camion du Paradis de la Brocante, conduit par Konrad, l'un des deux ouvriers de M. Jones. Le camion transportait la « récompense » de Carlos. Les Trois jeunes détectives n'avaient pas été peu surpris de ce que le jeune Mexicain avait choisi : trois chevrons, une porte, une fenêtre et quelques clous, pour réparer la maison de son oncle qui, d'après lui, en avait bien besoin.

Hannibal avait soufflé à l'oreille de sa tante que Carlos et son oncle n'étaient pas riches. Mme Jones, qui était généreuse de nature, ne se l'était pas fait dire deux fois : non seulement elle avait débité tout ce matériel pour 25 dollars et 13 *cents*, mais elle avait encore rendu à Carlos 5 dollars de monnaie !

Cependant les chevrons, la porte, la fenêtre, les clous et le seau de peinture que Mme Jones avait ajoutés pour faire bon poids auraient été trop lourds pour le malheureux âne ; on se demandait comment Carlos emmènerait son butin. C'étaient les deux ouvriers, Hans et Konrad, qui avaient résolu le problème en mettant Pablo et la carriole dans le camion, avec le matériel ! Résultat : Pablo aussi avait gagné une promenade en voiture. Il n'hésita pas à en profiter et se borna à lancer quelques regards curieux par-dessus les ridelles du camion.

Après avoir quitté Rocky, le cortège arriva dans une région déshéritée. On y voyait des champs avec de pauvres récoltes et des maisons délabrées. Garçons et filles accouraient pour admirer la belle Rolls, et Carlos, se mettant à la fenêtre, criait :

« José ! Esteban ! Margarita ! Regardez ! Je roule dans l'auto *dorada* ! »

En arrivant à l'entrée d'un chemin défoncé, Carlos proposa qu'on fît le reste de la route à pied, pour ne pas abîmer les amortisseurs de la Rolls.

« Ce n'est pas loin, maintenant », expliqua-t-il.

Hannibal renvoya donc Warrington, en déclarant que son ami et lui rentreraient en camion.

Bientôt les trois garçons se trouvèrent en vue de la maison de Carlos, si on pouvait appeler maison ce taudis auquel manquaient un mur, une fenêtre et la porte elle-même.

« Quand mon oncle est arrivé du Mexique, dit Carlos, il n'avait pas du tout d'argent. Dans cette maison, il paie seulement 5 dollars de loyer par mois. »

Le petit Mexicain tapota, d'un air satisfait, la poche où il avait rangé le billet de cinq dollars que lui avait donné Mme Jones.

« Avec ça, je paie le loyer pour un mois. Puis je répare la maison. Oncle Ramos ne toussera plus et il pourra travailler dès qu'il ne sera plus malade. »

Devant la maison, il y avait une voiture noire de marque ordinaire.

« Qui peut bien être venu chez oncle Ramos ? demanda Carlos. Je suis très inquiet... »

Il pressa le pas ; Hannibal et Peter l'imitèrent. En approchant du taudis, ils entendirent des éclats de voix.

« C'est la voix de M. Claudius ! s'écria Peter.

— Vas-tu parler, vieux grigou, ou je te coupe les oreilles ! tonitruait le violent personnage.

— Oncle Ramos ! Ne te laisse pas faire par le gros señor ! » cria Carlos en prenant le pas de course.

Les trois garçons firent irruption dans le taudis.

Un vieil homme qui toussait à s'étrangler était prostré sur un grabat. Le gros M. Claudius, tournant le dos à la porte, se penchait sur le lit. Avait-il saisi le vieillard à la gorge ?

« Je comprends que tu aies oublié à qui tu as vendu les autres. Mais Barbenoire ! C'était le dernier ! J'en ai déjà quatre et j'aurai ceux qui me manquent, mais il me faut Barbenoire. Tu dois te rappeler, vieil imbécile, à qui tu l'as vendu. Rappelle-toi ou je te... »

Avec l'énergie d'un fox-terrier bondissant sur

un rat, Carlos se précipita dans les jambes du gros homme. L'entendant venir, M. Claudius pivota sur place. D'une seule main, il cueillit le garçon et le souleva par le col de sa chemise en haillons.

« Reculez ! cria M. Claudius à Hannibal et à Peter. Reculez ou je tords le cou à ce garnement, et les vôtres ensuite.

— Attaquez-le ! haleta Carlos qui était au bord des larmes, non pas de crainte mais de colère. Il a fait du mal à mon oncle qui est malade et ne peut pas se défendre.

— Ne bougez pas, gamins. Je trouve que je vous ai déjà assez vus comme ça ! »

Les yeux de M. Claudius avaient pris un éclat menaçant... Mais, à ce moment, la chemise de Carlos se déchira. Le jeune Mexicain, tombant sur le sol, ne manqua pas d'agripper au passage les mollets du gros homme. Hannibal et Peter se précipitèrent à la rescousse. Peter essaya de ceinturer M. Claudius, tandis qu'Hannibal se jetait dans ses jambes pour aider Carlos.

Cependant, le gros homme ne manquait ni de muscles ni de souplesse. D'un seul mouvement, il se débarrassa de Carlos, et, tournant sur place pour échapper à Peter et à Hannibal, il gagna la sortie en deux enjambées. Les garçons coururent

après lui mais n'eurent que le temps de le voir sauter dans sa voiture et prendre le large, tandis que Konrad garait tranquillement le camion à bord duquel il venait d'arriver.

« Si seulement nous avions pu prévenir Konrad ! dit Peter d'un ton de regret.

— Ou si seulement je n'avais pas renvoyé Warrington ! ajouta Hannibal. N'importe. Nous avons son adresse : c'est là ce qui compte !

— C'est juste, acquiesça Peter. Comme ça, nous savons au moins dans quel quartier de la ville il faut se garder de mettre les pieds. J'ai nettement l'impression que les Trois jeunes détectives ne sont pas sympathiques à M. Claudius.

— Il est furieux, et la fureur provient de la crainte, déclara Hannibal. Il est en colère contre nous parce qu'il a peur de nous.

— Lui ! Peur de nous ! Tu n'as peut-être pas peur de lui, toi ?

— Nous, répliqua Hannibal, nous éprouvons à son égard un légitime sentiment d'angoisse tempéré par la certitude de notre bon droit.

— Parle pour toi. Moi, mon sentiment d'angoisse n'est tempéré par rien du tout. »

Carlos cependant donnait un verre d'eau à

boire à son oncle pour faire passer la quinte de toux qui l'avait saisi.

« *Muchissimas gracias*, dit le jeune Mexicain, pour m'avoir aidé à mettre en fuite le gros señor. Il était venu demander à mon oncle Ramos à qui il a vendu le perroquet Barbenoire. Mais oncle Ramos ne se le rappelle pas. Il sait que c'est une señora qui habite un peu plus loin, mais il ne connaît ni le nom ni l'adresse. Elle ne l'a payé que cinq dollars car personne ne voulait de lui. Et le gros señor y tient absolument.

— C'est le moins qu'on puisse dire, reconnut Peter. M. Claudius en sait plus long que nous au sujet de ces oiseaux. »

À ce moment, Konrad se montra dans l'embrasure de la porte.

« Faut-il décharger ? demanda-t-il.

— S'il vous plaît », répondit Hannibal.

Konrad n'avait pas encore commencé à travailler qu'une dame d'un certain âge, portant un gros carton percé de trous, fit son entrée.

« Qui est-ce ? demanda Hannibal.

— Une dame que j'ai vue sur la route. Elle venait ici. Je l'ai prise dans le camion pour lui éviter de marcher », expliqua l'ouvrier.

La personne ne paraissait pas précisément aimable. Elle toisa Hannibal et Peter d'un air soupçonneux.

« Dépêchez-vous de me dire où est ce fumiste de Ramos ! leur commanda-t-elle sèchement.

— Mon oncle Ramos est malade, répondit Carlos en se glissant entre ses deux amis. Que lui voulez-vous ?

— Je veux qu'il me rende mon argent ! répliqua la dame d'un ton arrogant. Il m'a vendu ce sale oiseau en prétendant que c'était un perroquet d'une espèce rare, alors que ce n'est qu'un vulgaire étourneau. D'ailleurs il tient un langage peu recommandable ! »

Elle fourra le carton dans les bras de Carlos.

« Maintenant, mes cinq dollars ! Si vous croyez que je vais me laisser vendre un étourneau pour un perroquet ! »

Bien tristement, Carlos, après avoir confié le carton à Peter, mit la main à la poche.

Le billet de cinq dollars que lui avait donné Mme Jones, c'était toute sa fortune. Il le tendit pourtant à la dame et fit même l'effort de sourire.

« Excusez-nous, señora, dit-il. Mon oncle est très malade. Il s'est trompé. Voici votre argent.

— Un étourneau pour un perroquet ! » répéta la dame en glissant le billet dans sa poche et en s'éloignant majestueusement.

« C'est sûrement Barbenoire, expliqua Carlos à ses nouveaux amis. Il parle si bien que nous le prenions pour un perroquet. »

Il ouvrit le carton. Un oiseau de petite taille, d'un noir bleuté avec un gros bec jaune, se montra, ébouriffa ses plumes, battit des ailes et alla se percher sur l'épaule de Peter.

« Ce n'est pas un étourneau ! s'exclama Hannibal. C'est un mainate. Les mainates, qu'on appelle aussi merles des Indes, parlent encore mieux que les perroquets. Ceux qui sont bien dressés valent beaucoup d'argent.

— Je suis Barbenoire le Pirate ! s'écria tout à coup l'oiseau d'une voix enrouée. J'ai enterré mon trésor pour qu'il soit gardé par des morts. Yo ho ho ! et une bouteille de rhum !

— Barbenoire ! C'est l'oiseau que M. Claudius veut absolument retrouver, dit Hannibal. Et c'est nous qui l'avons. »

Mais, à cet instant, Barbenoire, qui avait peut-être faim, et qui vit le lobe de l'oreille de Peter à portée de son bec, le pinça violemment. Peter poussa un cri de douleur et, d'un revers de main, chassa le mainate qui prit son vol et, par la fenêtre béante, s'élança dans le ciel.

« Peter ! Nous venons de perdre un précieux indice par ta faute ! s'écria Hannibal.

— Tu ferais mieux de penser au sang que je perds », répliqua Peter en pressant son mouchoir contre son oreille.

Mais, à la vérité, il se sentait coupable. Barbe-noire n'avait-il pas prononcé une phrase plus mystérieuse que celles de Shakespeare et de Patapon ? N'avait-il pas fait allusion à un trésor caché ?...

7

En parlant de trésor

Visiblement, Barbenoire n'avait pas la moindre intention de regagner son carton : il avait bel et bien pris la poudre d'escampette.

Cependant Carlos avait réussi à calmer son oncle. Ramos ne toussait plus et accepta de répondre aux questions qu'Hannibal voulait lui poser. Seulement, comme il ne parlait guère anglais, ce fut surtout Carlos qui répondit ; Ramos se contentait de hocher la tête de temps en temps en disant *« Si, si »*.

« Mon oncle est arrivé ici il y a deux ans, commença Carlos. Il est venu du Mexique avec Pablo et la carriole. Mon oncle est un très bon *jardinero*, et on lui avait dit qu'ici il pourrait trouver beaucoup de travail. Alors il a loué cette maison et, avec de vieilles caisses, il a fait une petite serre. Il cultivait des fleurs, et il les vendait en ville.

« Un jour, un señor s'est présenté ici. Il a déclaré qu'il s'appelait John Silver et qu'il venait d'Angleterre. Il était grand, maigre. Il paraissait malade. Il n'avait pas beaucoup d'argent. Il a demandé à mon oncle de le garder chez lui. Mon oncle a accepté.

« Le señor Silver avait quelques vêtements, un vieux sac de marin et une boîte en métal. Toute plate. Large comme ça, longue comme ça. »

Carlos montra les dimensions de la boîte avec ses mains. L'oncle hocha la tête en disant *« Si, si »*. Et Hannibal fit une rapide estimation.

« Environ quarante centimètres sur soixante-dix. Continue, Carlos. Tu nous donnes des renseignements très précieux.

— La boîte avait une serrure très forte. M. Silver dormait toujours avec la boîte sous son matelas. Tous les soirs il l'ouvrait et regardait dedans et il avait l'air heureux comme les anges !

— *Si, si ! Como los angeles !* approuva l'oncle.

— Mon oncle a demandé au señor Silver ce qu'il y avait dans la boîte. Le señor Silver a répondu – Carlos se gratta la tête en s'efforçant de se rappeler les mots exacts... Il a répondu : "Il y a un peu d'arc-en-ciel et beaucoup d'or."

— Quelle drôle de description ! s'étonna Hannibal. Continue, Carlos.

— Ensuite, reprit le jeune Mexicain, mon oncle est tombé malade. Alors il a fait écrire à mes parents pour que je vienne l'aider. Je suis venu en auto-stop. Mais je ne connais pas les fleurs. Je ne sais pas les cultiver.

— Tu es un bon petit, fit Ramos en anglais. Un bon petit. Tu fais ce que tu peux.

— Merci, oncle Ramos, répondit Carlos, l'air ravi. Donc, ils étaient malades tous les deux. Mais surtout le señor Silver. Il disait qu'il avait la maladie au-dedans de lui et qu'elle ne voulait pas s'en aller. Je lui ai demandé pourquoi il ne prenait pas la boîte où il y avait beaucoup d'or et n'allait pas voir un bon *medico*. Il s'est mis à rire, et puis il a semblé triste.

« Il m'a expliqué – Carlos fit une profonde aspiration –, il m'a expliqué que, pour vendre la boîte, il devrait dire son vrai nom. Il n'avait pas le droit d'être ici. Il aurait été renvoyé en Angleterre et là, on l'aurait mis en prison. Il fallait donc qu'il reste là, sans argent, à admirer son morceau d'arc-en-ciel. Mais, d'après lui, ça n'avait pas d'importance. Il s'en irait bientôt, de toute façon. »

Carlos prit l'air soucieux.

« Sur le moment, je n'ai pas compris ce qu'il voulait dire. Mais un jour il est rentré à la maison avec sept jeunes perroquets à tête jaune, dans sept cages. Il les a mis dans la serre et il a commencé à leur apprendre à parler. »

Hannibal et Peter échangèrent un coup d'œil. On en revenait toujours aux perroquets !

« Le señor Silver était très fort pour dresser les oiseaux, reprit Carlos. Barbenoire, qu'il avait apporté avec lui dès le premier jour, ne le quittait jamais. À tous ses perroquets, le señor Silver a appris des *palabras*, des drôles de *palabras* que je ne comprenais pas.

— C'étaient des citations littéraires, précisa Hannibal. Peux-tu te rappeler tous ces mots ?

— Oh ! non ! soupira Carlos, c'était trop difficile. Un jour, un des perroquets à tête jaune est mort. Señor Silver a été très chagriné, et puis il a dit : "Barbenoire va le remplacer." Quelque temps après, señor Silver est parti pour trois jours, avec la boîte. Quand il est revenu, il était encore plus malade et il n'avait plus de boîte. Il nous a expliqué qu'il l'avait cachée, qu'il devrait bientôt s'en aller pour toujours et qu'il ne voulait pas nous la laisser parce qu'elle nous apporterait du malheur. Il a écrit une longue lettre et il me l'a donnée à poster.

— Te rappelles-tu le nom du destinataire ? demanda Hannibal.

— Non, señor Hannibal. Je me rappelle seulement qu'il y avait beaucoup de timbres et des petites bandes rouges et bleues sur les côtés.

— Une enveloppe "par avion", commenta Peter.

— Probablement envoyée en Europe, puisqu'il y avait beaucoup de timbres, ajouta Hannibal.

— Quand le señor Silver disait qu'il allait s'en aller, cela signifiait qu'il allait mourir, expliqua Carlos. Il ne voulait pas que nous le portions dans un hôpital. Il voulait mourir parmi des *amigos*. »

Carlos s'était mis à parler d'une voix plus retenue, pleine d'émotion.

« Il était bizarre, le señor Silver. Il parlait par énigmes. Mais il était notre ami.

« Il nous a dit que, bientôt, un gros señor vien-

drait et nous donnerait mille dollars. Et nous, en échange, nous devrions lui donner les sept oiseaux. Señor Silver a beaucoup ri en nous expliquant cela. Il a dit que c'était la meilleure plaisanterie qu'il ait jamais faite et que le gros señor n'était pas au bout de ses peines... Il s'est endormi, tout content. Et le lendemain, il ne s'est pas réveillé. »

Le jeune Mexicain avala sa salive avec difficulté. Hannibal et Peter virent bien qu'il regrettait sincèrement le disparu. Enfin Hannibal demanda :

« Et le gros monsieur n'est pas venu ? »

Carlos secoua la tête.

« Non. Comme le señor était notre *amigo*, nous l'avons fait enterrer dans le petit *cemeterio* du quartier, et nous avons promis de payer bientôt. Nous avons attendu une semaine, deux semaines, trois semaines... Le gros señor n'arrivait pas et il fallait payer pour l'enterrement. Alors oncle Ramos a mis les perroquets dans la carriole et il est allé les vendre à Hollywood. Il les a tous vendus le même jour.

— Et le gros monsieur ? questionna Hannibal.

— Il est venu deux semaines plus tard. Il était furieux. Il a insulté mon oncle Ramos. Puis il l'a supplié... Alors, j'ai apporté un plan de la ville et oncle Ramos lui a montré dans quel quartier il était allé vendre ses perroquets. Le gros señor est monté dans sa Ranger et il est reparti.

« Mais il nous a laissé sa carte pour le cas où oncle Ramos se rappellerait à qui il avait vendu les perroquets. Et mon oncle n'y arrive pas ! Pourtant, mille dollars, pour nous, ce serait une fortune. »

Après cet aveu, Carlos se redressa fièrement.

« Mais nous pouvons vivre sans fortune,

déclara-t-il. Nous avons soigné notre *amigo*. Nous n'avons pas de dettes. Personne n'a le droit de nous insulter. »

À ce moment, Konrad se montra à nouveau dans l'embrasure de la porte.

« J'ai déchargé le matériel, annonça-t-il. On s'en va ? J'ai du travail à faire, moi.

— On s'en va, acquiesça Hannibal. Ah ! un instant, Konrad. Vous avez un plan de Hollywood, dans le camion ?

— Bien sûr.

— Peter, va le chercher. »

Peter rapporta le plan.

« Carlos, demanda Hannibal, peux-tu nous montrer le quartier où ton oncle a vendu les perroquets ? »

Après avoir échangé quelques mots en espagnol avec son oncle, Carlos traça un carré sur le plan.

« Quelque part ici, señor Hannibal, dit-il. Mais dans quelles *avenidas*, ça je ne sais pas au juste. »

Hannibal replia le plan et le mit dans sa poche.

« Merci, Carlos. Comme nous savons déjà qui a acheté Patapon et Shakespeare, nous pourrons préciser un peu les renseignements que tu viens de nous donner. Je dois avouer que, pour l'instant, le mystère est plus mystérieux que jamais.

— C'est mon avis, renchérit Peter.

— Ah ! si seulement nous n'avions pas perdu Barbenoire !... Enfin ! Un vrai détective doit savoir faire contre mauvaise fortune bon cœur. »

Hannibal serra la main de Carlos.

« J'espère que ton oncle se rétablira bientôt. Si M. Claudius vient encore l'ennuyer, avertis la police.

— La police ? J'ai de quoi le recevoir tout seul ! » répliqua le jeune Mexicain.

Ses yeux lancèrent des éclairs, et il brandit un solide gourdin.

« Le gros señor aura plutôt besoin d'une ambulance ! » déclara-t-il.

Admirant son courage, Hannibal et Peter quittèrent la maison et grimpèrent dans le camion.

Sur le chemin du retour, Hannibal ne cessa de se pincer la lèvre inférieure. Son cerveau travaillait à plein régime.

« Et alors ? demanda Peter lorsqu'on fut arrivé au Paradis de la Brocante. Tu as trouvé quelque chose ?

— La nuit porte conseil, répondit Hannibal. Demain matin, je classerai les faits que nous connaissons. Pour l'instant, j'avoue que cette affaire me laisse un peu rêveur.

— Pourquoi un peu ? Moi, elle me laisse complètement baba !

— Eh bien, moi aussi, avoua Hannibal. Complè-tement ba-ba ! »

8

Barbenoire le pirate

Le lendemain matin, Bob Andy, à bicyclette, entra dans le Paradis de la Brocante par la porte principale et jugea aussitôt qu'il n'était guère probablc que les Trois jeunes détectives puissent se réunir ce matin-là. Peter et Hannibal travaillaient dur, et Mme Mathilda Jones donnait des ordres.

« Bob Andy ! cria-t-elle du plus loin qu'elle aperçut le jeune garçon, dépêche-toi un peu. Nous dressons l'inventaire. »

Mme Jones était la plus généreuse des femmes, mais elle adorait faire travailler les garçons. Peter et Hannibal avaient à peine le temps d'essuyer la sueur qui ruisselait sur leur front. Ils groupaient des éviers, déplaçaient des tiges de fer, transportaient d'autres objets et, chaque fois, donnaient le compte exact à Mme Jones.

« Une barre en I de six mètres ! annonça Peter.

— Une barre en I de six mètres », répéta Mme Jones en inscrivant.

Puis elle tendit son carnet et son crayon au nouvel arrivant :

« Remplace-moi, Bob. »

Il avait à peine eu le temps de saisir le crayon qu'Hannibal annonçait déjà :

« Douze éviers de fonte émaillée ! »

Bob nota. Hannibal s'approcha de lui et lui souffla à l'oreille :

« Tante Mathilda a promis de nous payer ce travail, et nous avons besoin d'argent. J'ai une idée. »

Les trois garçons s'affairaient depuis un bon moment, lorsque Bob remarqua que Mme Jones rôdait autour de l'amoncellement de bric-à-brac qui dissimulait la roulotte PC. Vieilles chaudières rouillées, buses de fonte, matériaux de construction, tout cela avait brusquement soulevé l'intérêt de la tante Mathilda.

« Hannibal ! appela-t-elle, le sourcil froncé. Pourquoi n'avez-vous pas inventorié le matériel qui se trouve là ? »

Hannibal regarda Bob. Bob regarda Peter. Peter les regarda l'un et l'autre. Il y eut un silence.

« Hannibal, tu m'entends ? vociférait Mme Jones. Viens m'aider à voir ce qu'il y a ici. »

Elle se mit à secouer les tuyaux et les chaudières. Hannibal et Peter se précipitèrent pour l'empêcher d'ôter le camouflage du PC.

« Ces objets sont inutilisables, tante Mathilda, fit remarquer Hannibal. Ils ne valent pas la peine qu'on perde du temps à les cataloguer.

— Comment, ils ne valent pas la peine ! Regarde ce gros tuyau, par exemple. Et puis je pense à l'espace que ça prend, ce tas-là ! On pourrait peut-être jeter le tout et installer autre chose à la place. »

À ce moment tragique, on entendit une automobile corner trois fois, et le gros camion du Paradis de la Brocante, avec Konrad au volant, entra dans la cour. Mme Jones tourna la tête et, aussitôt qu'elle eut vu l'étrange objet qui couronnait le chargement du camion, elle en oublia son amoncellement de chaudières.

« Miséricorde de ma vie, Titus ! Qu'as-tu encore rapporté ? » cria-t-elle.

C'était un cerf en métal, grandeur nature, avec d'énormes andouillers.

« On va pouvoir le revendre au marchand de ferraille, bien sûr, fit Mme Jones, mais je suis certaine que tu l'as payé plus qu'il ne vaut.

— Je n'ai pas l'intention de le vendre, répondit M. Titus Jones en descendant de camion. Je le mettrai dans l'entrée : il nous servira d'enseigne.

— En voilà une idée ! Pour l'instant, c'est l'heure du déjeuner. Vous devez mourir de faim. Je me demande où vous avez traîné tout ce temps-là ? »

Sans attendre la réponse, Mme Jones se dirigea vers la maison, qui était attenante au magasin de bric-à-brac.

« Et vous, les garçons, cria-t-elle, vous voulez déjeuner pour de bon ? Ou préférez-vous des sandwiches ?

— Nous préférons des sandwiches, s'il te plaît, répondit Hannibal. Nous avons besoin de conférer entre nous.

— Ah ! Oui, pour votre club. »

Hannibal n'avait pas caché à sa tante qu'il

s'agissait d'une agence de renseignements, mais, pour elle, c'était toujours un club.

Tandis qu'Hannibal la suivait pour rapporter les sandwiches, Peter et Bob aidaient Konrad et Hans à décharger le camion. Puis Bob fit un rapide inventaire des nouvelles acquisitions. Pendant ce temps, Konrad raconta ce qui les avait retenus.

« Nous nous trouvions dans le quartier où habite votre nouveau copain, Carlos. Alors nous sommes allés l'aider à rafistoler sa maison. Ça a presque l'air d'une vraie maison, maintenant. C'est un gentil petit gars, ce Carlos. Et son oncle semblait aller mieux. »

Les garçons furent ravis de recevoir ces bonnes nouvelles. Ils avaient beaucoup de sympathie et d'admiration pour le jeune Mexicain.

« Et puis, reprit Konrad, M. Jones a vu que ces gens-là n'avaient pas d'argent ; il a donc dit que Mme Jones s'était trompée dans ses comptes, qu'il restait devoir cinq dollars et dix-sept *cents*, à Carlos. Il est malin, M. Jones ! Cinq dollars, ça aurait l'air d'un cadeau, mais cinq dollars et dix-sept *cents*, personne ne peut deviner que ce n'est pas une vraie dette. Alors Carlos les a pris et il était bien content. »

Konrad fit un clin d'œil aux garçons.

« J'ai une surprise pour Babal. Carlos lui a envoyé un cadeau. »

Peter et Bob échangèrent un regard surpris.

Konrad grimpa dans la cabine du camion et en tira un carton percé de trous et attaché avec de la ficelle.

« Carlos vous demande de ne pas ouvrir le carton dehors. Il y a une lettre dedans qui vous expliquera pourquoi.

— Viens au PC, Bob, dit Peter. Je crois que je devine ce que c'est. »

Les garçons passèrent derrière la presse à imprimer. Bob écarta le grillage qui fermait l'entrée du tunnel 2. Les deux détectives se glissèrent à l'intérieur. Après quelques mètres de reptation, ils se trouvèrent sous le trou d'homme qui leur permit de déboucher dans le PC.

Après avoir allumé l'électricité, Peter tira son canif et coupa la ficelle attachée autour du carton. Puis il ouvrit le carton lui-même. Dans un coin, l'air malheureux, était tapi un oiseau au bec jaune.

« C'est Barbenoire ! » cria Peter.

Il y avait aussi, dans le carton, un morceau de papier dont Bob se saisit aussitôt. Avec plus d'application que d'adresse, le donateur y avait griffonné l'épître suivante :

Cher señor Hannibal,

Voilà Barbenoire. Il est rentré pour dîner. Je vous l'envoie. Je veux qu'il soit à vous parce qu'il est mon amigo et vous êtes mon amigo. Maintenant la casa tient debout et je vous dis gracias.

CARLOS SANCHEZ.

Bob venait de finir sa lecture lorsque le mainate s'ébouriffa les plumes et sauta sur le bord du carton. Il regarda les doigts de Peter comme s'il les tenait pour comestibles. Peter retira précipitamment sa main.

« Non, vieux brigand. Tu as déjà mangé la moitié de mon oreille. Ça suffit. Tu n'es pas un mainate, mais un vampire. »

À ce moment, la trappe se souleva et Hannibal parut. Il n'avait pas encore complètement émergé du trou d'homme que ses yeux rencontrèrent ceux du mainate. Un instant, le garçon et l'oiseau se regardèrent, immobiles. Puis le mainate battit des ailes et proclama :

« Je suis Barbenoire le Pirate. J'ai enterré mon trésor pour qu'il soit gardé par des morts. Petit malin, ne te monte pas le bourrichon. Je te passerais bien le tuyau mais tu ne saurais qu'en faire. Ha ! ha ! ha ! »

L'oiseau éclata d'un rire sardonique, comme s'il connaissait le fin mot d'une plaisanterie qu'il n'avait pas l'intention de dévoiler.

9

Rappel des fantômes

Les trois garçons avaient pris place autour du bureau d'Hannibal et dévoraient leurs sandwiches. D'ici quelques minutes, ils le savaient, Mme Jones les appellerait au travail. Au-dessus de leurs têtes, Barbenoire trônait dans une cage qu'Hannibal avait trouvée parmi le bric-à-brac et suspendue au plafond. L'oiseau écoutait attentivement la discussion des garçons et paraissait tout comprendre.

« Nous savons que le père Claudius a déjà Shakespeare et Patapon, raisonnait Peter. Nous lui avons entendu dire qu'il avait quatre perroquets sur sept. Nous voulons récupérer Shakespeare et Patapon. Je propose donc que nous allions directement chez le père Claudius et que nous lui disions que, s'il ne rend pas les perroquets, nous allons prévenir la police. Comme il ne sait pas que nous avons promis de ne pas le faire, il aura peur.

— Hum ! » fit Hannibal en se pinçant la lèvre.

Bob savait bien à quoi pensait le chef : il pensait au mystère des sept perroquets qu'il désirait passionnément résoudre. En récupérer deux ne l'intéressait pas particulièrement.

« Il y a une petite difficulté, dit Hannibal. Il appert maintenant que...

— Mazette ! “Il appert !” s'indigna Peter.

— ... Que M. Silver désirait que ce soit M. Claudius qui reçoive les perroquets.

— Mais, intervint Bob, cela ne donnait pas à M. Claudius le droit de les voler. Moi, je suis de l'avis de Peter. Allons le voir et exigeons qu'il rende les oiseaux. Nous prendrons Hans ou Konrad avec nous pour qu'il se tienne tranquille.

— Bon ! fit Hannibal. Voici sa carte. »

Il tira de sa poche la carte que Carlos lui avait remise et qui était libellée en ces termes :

claude claudius

RARETÉS ARTISTIQUES

Londres • Paris • Vienne

Plus bas, il y avait une adresse et un numéro de téléphone à Hollywood.

« Il m'en a tout l'air, d'une rareté artistique, le père Claudius, bougonna Peter.

— Bob, dit Hannibal, M. Claudius ne connaît pas ta voix. Téléphone-lui et raconte-lui que tu as un perroquet à tête jaune à vendre. Ta mère l'aurait acheté à un marchand mexicain. Prends un rendez-vous. Comme cela, nous serons sûrs de le trouver chez lui, quand nous irons lui rendre visite. Tous ensemble, bien entendu. »

Bob forma le numéro. Il n'était pas certain d'avoir l'aplomb nécessaire pour débiter son histoire.

Il se trouva qu'il n'eut pas à le faire. Une standardiste, au bout du fil, lui répondit que M. et

Mme Claudius avaient quitté leur appartement deux jours plus tôt.

Grâce au haut-parleur, les deux autres détectives entendaient parfaitement l'entretien. Hannibal souffla à Bob :

« Demande s'ils ont emmené leurs perroquets. »

Bob posa la question. On lui répondit que les animaux étaient interdits dans l'immeuble et que M. et Mme Claudius n'en avaient jamais eu. Bob raccrocha, médusé.

« Ils ont tous disparu et nous ne savons plus où les chercher.

— Ça s'appelle progresser à rebours, commenta Peter.

— Un échec temporaire, conclut Hannibal. Les Claudius ont sans doute un autre domicile où ils peuvent cacher leurs perroquets.

— Moi, dit Peter, je n'avais qu'une seule idée. Elle a fait long feu. À toi, maintenant.

— Et pourquoi pas à Bob ? C'est un excellent observateur.

— De plus, il parle une langue compréhensible pour tout le monde. Il ne dit pas “il appert”. Allez, Bob, expose ton point de vue.

— Je pense, dit Bob, qu'avant d'aller plus loin

il serait bon de classer les éléments que nous possédons. Nous nous sommes mêlés de l'histoire alors qu'elle était déjà commencée. Il faudrait la reconstituer dans l'ordre.

— Yo ho ho ! et une bouteille de rhum ! lança soudain Barbenoire.

— Vas-y, Bob, fit Hannibal. Il est très utile d'entendre la même situation exposée par plusieurs personnes différentes.

— Il me semble que l'histoire commence avec l'arrivée de l'Anglais qui se faisait appeler John Silver, chez l'oncle de Carlos. Il a reconnu être entré illégalement aux États-Unis ; en Angleterre il aurait été arrêté. Il possédait une boîte de métal, de forme plate, contenant un trésor qu'il n'osait pas vendre. »

Bob jeta un coup d'œil à Hannibal. Hannibal paraissait décidé à le laisser parler.

« M. Silver était malade, poursuivit Bob. Avant de mourir, il a caché la boîte et le trésor, à supposer qu'il y ait vraiment eu un trésor. Mais il a laissé une sorte d'héritage : sept oiseaux à qui il avait appris à prononcer des phrases curieuses.

— Curieuses. C'est le moins qu'on puisse dire, fit Peter.

— M. Silver a demandé à Carlos de poster une

lettre, continua Bob en consultant ses notes. Il a ajouté que, bientôt, un gros homme viendrait chercher les oiseaux qu'il paierait mille dollars. M. Claudius arriva trop tard : Ramos avait déjà vendu les perroquets, pour payer l'enterrement de M. Silver. M. Claudius se mit en colère. Toutefois, connaissant le quartier de la ville où les perroquets avaient été vendus, il parvint à en récupérer quatre, dont deux en les volant. Il a peut-être même volé les deux autres.

« C'est à la suite du vol de Shakespeare que les Trois jeunes détectives ont été impliqués dans cette affaire.

« Maintenant, c'est nous qui avons Barbenoire, auquel M. Claudius paraît tenir particulièrement. Mais nous ne savons pas où se trouvent les deux perroquets manquants. Ni pourquoi tous ces oiseaux ont une telle importance pour M. Claudius. M. Claudius, lui, a déménagé, et semble se cacher. Voilà où nous en sommes. »

Bob reprit son souffle.

« Cherchez soigneusement sous les pierres, derrière les ossements ! hurla Barbenoire en battant des ailes.

— Ton exposé était parfaitement clair, Bob, déclara Hannibal. Je vais y ajouter quelques déductions. En premier lieu, je pense que John Silver était un fin lettré et qu'il s'était beaucoup occupé de livres. Son pseudonyme, d'abord : John Silver ! Cela fait aussitôt penser au pirate de l'*Ile au Trésor*.

— Logique, reconnut Peter.

— Le fait même qu'il ait pris un nom de pirate laisse croire que son trésor était le produit d'un larcin : c'est pourquoi il n'osait pas le vendre.

« J'ai dit qu'il s'était occupé de livres. Les noms qu'il a donnés à ses perroquets sont ceux d'hommes célèbres ou de héros de romans : Shakespeare, Barbenoire le Pirate, Sherlock Holmes, Robin des Bois, le Capitaine Kidd.

— Il y avait aussi Scarface, un gangster américain, objecta Peter.

— Un gangster qui est ensuite devenu personnage de film.

— Alors, le trésor de la boîte, c'est peut-être un livre rare ! s'écria Bob. Il y en a qui valent des milliers de dollars.

— C'est juste, fit Hannibal, le sourcil froncé. Mais rappelle-toi ce que M. Silver disait lui-même de son trésor, que c'était un peu d'arc-en-ciel et beaucoup d'or. Ça ne ressemble pas du tout à un livre.

— Pas du tout, approuva Peter. Bon, alors où en sommes-nous ? Nous avons perdu Shakespeare, Patapon et le père Claudius. Nous avons fait chou blanc.

— Pas exactement, répliqua Hannibal. Hier, nous avons entendu M. Claudius lui-même avouer que deux perroquets lui manquaient encore. Je propose que nous essayions de les retrouver. Alors, avec Barbenoire, nous aurons trois oiseaux. M. Claudius, lui, en a quatre. Tôt ou tard, il apprendra que nous avons ceux qui lui manquent et il viendra nous voir...

— Je ne tiens pas le moins du monde à ce qu'il vienne nous voir ! fit Peter. Et je ne veux pas non plus aller voler des perroquets.

— Qui te parle de les voler ? Nous les achèterions.

— Les acheter ? Quand nous ne savons même pas chez qui ils sont ? »

Peter et Bob avaient l'air perplexe.

« Vous oubliez le relais fantôme, remarqua Hannibal. Je connais au moins trois garçons qui habitent dans ce quartier. »

Il désigna, sur le plan, le quartier signalé par Carlos.

« Je vais leur téléphoner. Ils appelleront leurs

amis, et, bientôt, tous les perroquets du coin vont être recensés. »

Peter et Bob parurent impressionnés.

« Babal, c'est génial ! s'écria Bob. Un perroquet, ça intéresse tout le monde. Quand quelqu'un achète un perroquet ses voisins en parlent. Le relais fantôme va faire merveille, j'en suis sûr.

— Cette fois, nous ne pourrons offrir de récompense, remarqua Hannibal. Mais le renseignement que nous recherchons est si facile à obtenir qu'il n'en mérite pas.

— Comment allons-nous acheter les perroquets ? Nous n'avons pas d'argent.

— Nous essaierons d'en gagner, voilà tout. Si nous n'y arrivons pas, nous demanderons simplement aux propriétaires des perroquets de nous laisser enregistrer leurs paroles. Car il est bien évident que le mystérieux M. Silver, quand il a appris à ses oiseaux à prononcer ces drôles de phrases, avait une raison précise. Et c'est à cause de cette raison que M. Claudius... »

À ce moment, la voix puissante de Mme Jones emplit le Paradis de la Brocante :

« Hannibal ! Peter ! Au travail ! Où vous

cachez-vous, petits chenapans ? Au travail, au travail ! »

Ils ne se le firent pas dire deux fois. L'un après l'autre, ils plongèrent dans le tunnel et ressortirent à l'autre bout, comme trois boulets de canon tirés coup sur coup.

Derrière eux, battant des ailes, Barbenoire criait à son tour :

« Au travail ! Au travail ! »

Il avait l'air de s'amuser ferme.

10

Pris au piège

« Voilà la première adresse, dit Peter après avoir consulté un papier qui en portait deux. Arrêtez-vous ici, s'il vous plaît.

— D'accord », fit le chauffeur.

On était au lendemain matin, et le chauffeur n'était pas Warrington, retenu ailleurs, mais un certain Fitch aux petits yeux fureteurs.

La voiture s'arrêta au bord du trottoir. Fitch se tourna, avec un sourire, vers Peter et Bob. Hannibal gardait la maison, car son oncle et sa tante avaient été obligés de s'absenter.

« Alors, les gamins ? Encore une enquête policière ? demanda Fitch. Warrington m'a raconté ce que vous faites. Si vous avez besoin d'un coup de main, n'hésitez pas. J'ai été veilleur de nuit dans une banque. Les escrocs, je les connais. »

Les garçons ne trouvaient pas le nouveau chauffeur très sympathique.

« Merci, Fitch, dit Peter avec un signe de tête. Aujourd'hui, nous chassons le perroquet.

— Vous chassez le... ? Bon, ça va. Pas la peine de vous payer ma tête. »

Il se plongea dans le journal : il avait cru que Peter se moquait de lui.

La veille au soir, Hannibal avait lancé son nouveau relais fantôme. Les résultats avaient été encourageants. Les détectives avaient appris que, quelques jours plus tôt, un gros monsieur était allé de porte en porte et avait réussi à racheter deux perroquets nommés Capitaine Kidd et Sherlock Holmes, en les payant le double de leur prix. En revanche, il n'avait pas retrouvé Scarface ni Robin des Bois. Les détectives, eux, avaient le nom et l'adresse des propriétaires de ces deux oiseaux, et, qui plus est, ils disposaient de soixante-quinze dollars qu'Hannibal avait obtenus de sa tante, sous la forme d'une avance sur quinze jours de travail. Pour le cas où cette somme ne suffirait pas, Peter avait emporté son magnétophone et se proposait d'enregistrer les discours des perroquets.

Descendant de voiture, les deux garçons remontèrent une allée de ciment qui serpentait entre deux rangées de buissons. Ils étaient arrivés à quelques mètres de la maison, lorsque la porte s'ouvrit et qu'un grand garçon dégingandé parut sur le seuil. Il avait un nez démesurément long, et souriait d'un air ironique.

« Skinny Norris ! s'écria Peter. Que fais-tu ici ? »

Skinny Norris était un camarade de classe des détectives, mais un camarade bien antipathique. Comme ses parents avaient leur domicile légal dans un État où les très jeunes gens pouvaient passer leur permis de conduire, Skinny venait au lycée au volant de sa propre voiture. Il comptait sur ce privilège et sur l'argent que ses parents lui donnaient pour devenir le meneur de la jeunesse de Rocky. Il n'y réussissait guère, du reste.

L'une de ses ambitions était de prouver qu'il pouvait se montrer plus malin qu'Hannibal Jones lui-même. En conséquence, il passait son temps

à se mêler des affaires d'Hannibal et de ses amis, ce qui était assommant.

Un sourire narquois au coin des lèvres et cachant quelque chose derrière son dos, il paraissait narguer Peter et Bob.

« Il fallait vous lever plus tôt, mes petits agneaux ! Si c'est cela que vous venez chercher... »

Il exhiba alors un perroquet dans une cage. Le perroquet avait la tête jaune, il lui manquait l'œil droit, et une cicatrice lui barrait la tête.

« Tiens, un perroquet ! s'écria Peter, essayant de prendre un ton naturel.

— Pourquoi veux-tu que nous nous intéressions aux perroquets ? » demanda Bob.

Mais le bluff ne réussit pas. Skinny avait remporté cette manche, et chacun d'entre eux le savait.

« Voyez-vous, expliqua-t-il, je faisais une visite dans la maison d'à côté, hier soir. Quelqu'un a téléphoné à l'ami que j'étais venu voir et lui a dit que Gros-plein-de-soupe était à la recherche de perroquets à tête jaune. Alors, mon ami m'a raconté qu'il y en avait un ici. Je suis venu ce matin et je l'ai acheté pour quarante dollars. Il se trouve aussi que je connais un endroit où je peux le revendre pour cent cinquante. Alors vous voyez que j'ai fait une bonne affaire. Je n'ai pas du reste l'intention de continuer à perdre mon temps en causant avec vous ! »

Il passa fièrement sous le nez des deux détectives. Dans sa cage, le perroquet, mettant la tête de côté et saisissant les barreaux, s'écria :

« Petit malin, ne te monte pas le bourrichon !

— Tais-toi, sale bête ! » répliqua Skinny Norris en colère.

Il remonta la rue jusqu'à sa voiture de sport, toute bleue, qui était garée un peu plus loin, et démarra en trombe.

« À qui penses-tu que Skinny va vendre le perroquet ? demanda Peter. Au père Claudius ? »

Bob n'en avait pas la moindre idée. Il tira son carnet de sa poche.

« Je note ce que Scarface a dit, expliqua-t-il. C'était sûrement Scarface, le gangster borgne à la cicatrice. Nous n'avons pas l'oiseau, mais nous avons le message de M. Silver. Babal en tirera peut-être quelque chose.

— Dans ce cas, Babal est un grand sorcier. Allons toujours voir si nous pouvons trouver Robin des Bois. »

Peter et Bob remontèrent en voiture. Peter donna à Fitch la deuxième adresse.

La première maison était fort élégante ; celle-ci, au contraire, paraissait en mauvais état.

Tout en suivant l'allée qui y menait, Peter se tourna vers son compagnon.

« Je pense toujours à ce relais fantôme, remarqua-t-il.

— Eh bien quoi, ce relais fantôme ? C'est une idée sensationnelle, non ? C'est comme si on annonçait quelque chose à la radio.

— Précisément. On obtient des résultats, mais aussi on informe des tas de gens de ce qu'on est en train de chercher. Cela risque de causer des désagréments. Tu vois, c'est à cause du relais fantôme que Skinny a pu se procurer ce perroquet avant nous.

— C'est juste, dit Bob. Heureusement, il n'a pas entendu parler de Robin des Bois. »

Cette fois-ci, la chance sourit aux garçons.

Le propriétaire de la vieille maison, un petit homme tout chauve, avait acheté son perroquet à un marchand mexicain, environ trois semaines plus tôt. Lorsque le marchand s'était séparé du perroquet, il l'avait caressé, et l'oiseau avait débité une phrase bizarre commençant par « Je suis

Robin des Bois ». Mais, depuis ce jour-là, il avait refusé de prononcer une seule parole. La femme du propriétaire était très mécontente. À ce compte-là, déclarait-elle, elle préférait avoir un canari.

Le monsieur était donc ravi de se débarrasser de Robin des Bois pour le prix qu'il l'avait payé, c'est-à-dire vingt-cinq dollars. Mais, en remettant la cage aux garçons, il les prévint honnêtement :

« Cet oiseau peut parler, mais il ne veut pas. Je ne pense pas que vous réussissiez à lui faire prononcer un mot.

— Merci, monsieur, répondit Bob. Nous essaierons toujours. »

Enchantés de leur acquisition, les deux garçons ressortirent. Robin des Bois, juché sur son perchoir, ne paraissait pas d'humeur causante, c'est vrai. Mais Hannibal saurait bien le persuader de prononcer son petit discours.

« Nous allons retourner directement au PC et nous verrons bien si... commença Peter. Hé ! là, où est la voiture ? »

La Rolls avait disparu.

« Ce Fitch nous a plantés là et il est parti ! s'écria Bob.

— C'est peut-être une plaisanterie de sa part,

dit Peter. Mais moi, ça ne m'amuse pas de rentrer à pied à Rocky. »

Un camion qui remontait la rue s'arrêta près des garçons. C'était un vieux véhicule à caisse fermée. Une femme était au volant. Elle mit la tête à la portière.

« Vous cherchez la Rolls ? demanda-t-elle. Elle est partie, il y a quelques instants.

— Elle devait nous attendre !

— Ce n'est pas de chance. Je peux vous conduire quelque part où vous trouverez un autobus ?

— Merci bien, dit Peter. Viens, Bob. Nous prendrons le bus boulevard Wilshire. »

Ils grimpèrent dans la cabine et s'assirent à côté de la conductrice. Bob tenait la cage sur ses genoux. Il lui semblait avoir déjà entendu la voix de la femme au volant. Mais sans doute se trompait-il...

Le camion démarra et partit aussitôt à très vive allure.

« Excusez-moi, madame ; ce n'est pas du tout notre direction, protesta Bob. Le boulevard Wilshire est derrière nous.

— C'est possible, mais nous n'allons pas boulevard Wilshire, mes petits jeunes gens. »

Une voix masculine venait de prononcer ces mots. Les deux garçons tournèrent la tête. Un panneau qui séparait la cabine de la caisse venait de glisser de côté. La grosse tête de M. Claudius était apparue dans l'ouverture. Un sourire féroce se peignit sur ses traits, et ses yeux brillaient derrière les grosses lunettes.

« Nous allons là où nous pourrons causer tranquillement, reprit le gros homme. Je commence à en avoir assez de vous trouver dans mes jambes partout où je vais. Il faut que nous ayons une petite explication... »

Les garçons avaient si peur qu'ils ne pouvaient parler. M. Claudius, toujours souriant, leur passa sous le nez un long couteau à la lame ondulée.

« Voici, mes petits amis, un kriss malais qui a été fabriqué il y a douze cents ans et qui a tué une personne par siècle. Ni l'un ni l'autre d'entre vous ne voudra sans doute être la treizième... Car vous savez que, pour certains, treize est un chiffre porte-malheur ?... »

11

Sept indices ailés

À fond de train, le camion roulait vers les hautes collines désertiques qui s'étendent au-delà de Hollywood.

« J'ai essayé de vous prévenir, mes petits gars. Vous ne m'avez pas écoutée », dit la conductrice à un certain moment.

Alors, Bob se rappela où il avait entendu sa voix. C'était elle qui avait téléphoné aux détectives pour leur conseiller de ne pas se mêler des affaires de M. Claudius.

Le camion était déjà au milieu des collines

lorsque Peter trouva le courage de poser une question :

« Monsieur Claudius, comment avez-vous fait pour vous débarrasser de Fitch et de la voiture ? »

Le gros homme gloussa de plaisir.

« Rien de plus facile, mon bonhomme. Hier, je suis allé à l'agence de location de voitures pour en louer une qui serait moins facile à reconnaître que ma Ranger. Là, j'ai vu cette extraordinaire Rolls dont vous vous servez. J'ai demandé quel était son numéro de téléphone. On me l'a donné.

« Aujourd'hui, je vous ai suivis jusqu'ici. Pendant que vous étiez dans cette maison, je suis allé dans une cabine téléphonique, j'ai appelé la Rolls, et j'ai dit à votre chauffeur que j'étais le propriétaire de la maison, que vous restiez déjeuner avec moi, et qu'il pouvait disposer. Alors, il est parti.

— Claude, fit Mme Claudius, ne penses-tu pas que...

— Non ! coupa le gros homme. Occupe-toi de conduire et tais-toi. As-tu regardé dans le rétroviseur si nous n'étions pas suivis ?

— Oui. D'abord, il y avait une petite voiture derrière nous, mais maintenant je ne la vois plus.

— Bon. Fais attention au virage. »

Après avoir pris un tournant fort brusque, le camion déboucha dans un vallon solitaire. Au milieu, s'élevait une maison flanquée d'un garage pour deux voitures. La porte du garage était ouverte et le camion vint s'arrêter à l'intérieur.

« Tout le monde descend, les garçons, dit M. Claudius. Mais pas de précipitation ! »

Peter et Bob descendirent lentement, suivis par le gros homme. Ils virent que l'autre partie du garage était occupée par la Ranger noire qu'ils avaient repérée au début.

M. Claudius montra le chemin, et le petit groupe entra dans une vaste salle de séjour garnie de peu de meubles. Sur une table, on voyait quatre cages ; il y avait quatre perroquets à tête jaune à l'intérieur. Les oiseaux paraissaient mélancoliques. Lorsque Mme Claudius déposa la cinquième cage sur la table, ils ne réagirent en aucune façon.

Bob et Peter s'assirent sur un divan ; M. Claudius se plaça dans un fauteuil, en face d'eux. Il appuya la pointe du kriss contre son pouce, comme pour vérifier qu'il était assez pointu, et commença l'interrogatoire des prisonniers.

« Maintenant, mes petits agneaux, vous allez

me dire la vérité. Du moins, je vous le conseille. J'ai déjà cinq des sept perroquets de John Silver et je saurai bien me procurer les deux autres. Mais, pour le moment, ce que je veux que vous me disiez, c'est ceci : comment Huganay vous a-t-il recrutés, et que sait-il au juste ?

— Huganay ? »

Les deux garçons ouvrirent des yeux grands comme des soucoupes. Ils n'avaient jamais entendu ce nom-là.

« Pas la peine de faire semblant de ne pas le connaître, dit M. Claudius impatiemment. Huganay est un voleur international, d'origine française, spécialisé dans les œuvres d'art. Je sais qu'il m'a suivi jusqu'ici. »

Bob secoua la tête, mais Peter eut une hésitation.

« Ce M. Huganay, demanda-t-il, ce n'est pas un homme assez fort, avec une petite moustache noire, et un accent français ?

— Mais si ! s'écria Claudius. Vous voyez bien que vous le connaissez.

— Justement non, répondit Peter. Nous ne le connaissons pas. Nous l'avons rencontré. »

Et il raconta l'incident qui avait eu lieu dans l'allée menant à la maison de M. Fentriss, quand la limousine grise avait failli entrer en collision avec la Rolls.

« L'étranger n'avait pas envie de rencontrer la police, précisa Peter.

— Ça ne m'étonne pas de Huganay, répondit Claudius. Mais alors, moi, je ne comprends plus du tout ce que vous faites dans cette histoire si vous ne travaillez pas pour Huganay ! »

Peter, une fois encore, fournit des explications. Il raconta la visite faite à M. Fentriss et la promesse que les Trois jeunes détectives lui avaient faite, de retrouver son perroquet Shakespeare.

Pendant que le garçon parlait, M. Claudius perdait progressivement son air menaçant. Il ôta ses lunettes et les essuya. Il semblait complètement stupéfait, et, lorsqu'il reprit la parole, ce fut d'un ton paisible.

« J'étais si sûr que vous travailliez pour Huganay ! dit-il en hochant la tête. L'autre jour, en arrivant chez moi, j'ai aperçu Huganay qui était au coin de la rue à m'épier. Puis, une fois rentré dans l'appartement, j'ai vu qu'il avait été fouillé de fond en comble. »

M. Claudius se tourna vers sa femme.

« Tu m'as affirmé que je me trompais, mais je ne me trompais pas ! Huganay est sur ma piste. Il a fouillé mon appartement et il a lu les notes que j'ai prises.

— Huganay nous poursuit, c'est certain, reconnut Mme Claudius avec un soupir. Mais il ne connaît sûrement pas cette maison.

— Encore une chance ! Vous comprenez, les garçons, j'avais loué cette maison pour y mettre les perroquets. Aussi, j'avais laissé la Ranger ici et j'avais pris une voiture moins aisément reconnaissable. Car Huganay sait que j'aime les Ranger. Et puis voilà que, le lendemain, j'apprends que vous autres, vous essayez de vous renseigner sur ma voiture. C'est le gérant de l'immeuble où j'habitais qui me l'a dit : son fils lui avait demandé où j'avais mis ma Ranger. Heureusement, le père lui a répondu de ne pas se mêler des affaires des locataires : j'étais donc tranquille de ce côté-là.

— Et moi, ajouta Mme Claudius, j'ai questionné ce garçon pour avoir votre numéro. Je voulais vous prévenir. Parce que mon mari était bouleversé par toute cette histoire, je préférais que vous ne le rencontriez pas...

— Je dois reconnaître que j'ai mauvais caractère, avoua le gros homme. Je suis même violent, quand je me mets en colère. Je ne peux pas me dominer, voyez-vous. Alors, sachant que Huganay était à mes trousses, je suis devenu fou. Et quand je vous ai rencontrés encore une fois chez les Mexicains, j'ai été certain que vous travailliez pour ce voleur. »

Il se passa la main sur le front et remarqua qu'il tenait toujours le kriss.

« Bon, fit-il, je n'ai plus qu'à ranger ça, je suppose. Mais je ne sais pas du tout ce que je vais faire. Il y a tant de problèmes qui se posent... tant de problèmes... »

Il soupira profondément.

« Moi, intervint Mme Claudius, je sais ce que tu vas faire. Tu vas commencer par présenter tes excuses à ces deux malheureux garçons. Et puis tu pourrais peut-être même leur offrir de collaborer avec toi. Jusqu'à présent, ils ont fait preuve de beaucoup d'intelligence. Ils ont découvert M. Ramos Sanchez et ils ont même réussi à se procurer le cinquième perroquet, alors que tu n'y étais pas arrivé.

— Ma foi, tu as raison, reconnut M. Claudius en essuyant la sueur de son visage avec un grand mouchoir. Les garçons, je vous demande de me pardonner. J'ai mauvais caractère, je vous l'ai dit. Or, cette affaire est pour moi d'une importance primordiale ! Bien sûr, je devrais rester calme. Malheureusement, je ne peux pas. »

Peter et Bob échangèrent un coup d'œil. Bob prit la parole :

« Nous, monsieur Claudius, nous ne vous en voulons pas. Mais M. Fentriss et Mlle Waggoner ? Vous leur avez pris leur perroquet et vous avez maltraité M. Fentriss... »

M. Claudius s'essuya encore une fois le visage.

« J'essaierai de les dédommager, dit-il. Je ferai mon possible pour réparer les torts que je leur ai causés. Cependant il faut d'abord que je vous explique pourquoi j'ai agi de la sorte. Il me les fallait absolument, ces perroquets ! Comprenez-vous ? Ils devaient me fournir des indices qui me permettraient de retrouver l'inestimable trésor que John Silver avait dissimulé avant de mourir. »

Soudain, Bob comprit tout.

« Monsieur Claudius, demanda-t-il, vous voulez dire que les phrases que prononcent les perroquets contiennent des indications importantes ? Et qu'en rassemblant toutes ces indications vous parviendrez à reconstituer un message ?

— Précisément. John Silver avait décidé de me jouer un tour, une farce. Sa dernière farce, mais aussi la plus extraordinaire. Il me léguait sept oiseaux répétant chacun une phrase mystérieuse. L'ensemble de ces phrases me mettrait à même de découvrir son trésor. Oh ! c'était bien une idée à lui, ça ! C'est comme cela que son esprit, brillant mais excentrique, avait toujours fonctionné.

— Claude, interrompit Mme Claudius, les garçons comprendront beaucoup mieux si tu commences par le commencement. Et moi, je vais faire quelques sandwiches. Je pense que vous avez tous aussi faim que moi. »

Bob et Peter constatèrent qu'ils avaient grand-faim en effet. Mais les émotions leur avaient fait oublier les sollicitations de leur estomac.

« C'est en Angleterre que vous avez rencontré M. Silver ? questionna Bob.

— Oui, répondit M. Claudius. Vous le savez peut-être, j'achète et je revends des raretés artistiques. John Silver était mon employé. C'était un homme plein d'humour et d'originalité. Il avait toujours été obligé de quitter ses emplois antérieurs à cause de cet humour, précisément. Lorsque je l'ai rencontré, il gagnait sa vie en vendant des devinettes à des journaux.

« Comme il était très cultivé, je n'ai pas hésité à l'engager. Il se rendait dans les ventes aux enchères pour y acheter des objets intéressants.

« Un jour, il me rapporta un tableau, tout à fait ordinaire, représentant deux perroquets à tête jaune perchés sur une branche. Cette chose-là lui avait coûté beaucoup d'argent. De mon argent, bien sûr. Vous me connaissez : je me suis mis en colère et je le flanquai à la porte.

« John Silver – à vrai dire, ce n'était pas son nom véritable, mais le pseudonyme sous lequel il

était connu – me déclara qu'il était persuadé que les perroquets ne formaient qu'un revêtement : dessous, il y avait un autre tableau ; les perroquets avaient été peints par-dessus. Vous savez que cela s'est fait à certaines époques : pour cacher une peinture, on en faisait une autre par-dessus ; puis, avec un produit spécial, on enlevait la deuxième, et la première réapparaissait. »

Peter n'avait jamais entendu parler de ce procédé, mais Bob inclina la tête en signe d'intelligence.

« Eh bien, reprit M. Claudius, c'est précisément ce qui avait été fait dans ce cas-là. Quelques jours après, John Silver me rapportait mon tableau : il n'y avait plus trace des perroquets. La peinture représentait une charmante bergère tenant un agneau dans ses bras et devait valoir au moins cent mille dollars, car l'auteur était un maître illustre dans le monde entier.

— Cent mille dollars ! Mazette ! s'écria Peter. Alors qu'on trouve pour un dollar quatre-vingt-dix-huit des tableaux tout encadrés, dans les magasins !

— Oui, des reproductions, lui expliqua Bob. Mais les originaux coûtent toujours très cher. Le Metropolitan Museum of Art, à New York, a payé une fois plus de deux millions de dollars pour un tableau d'un peintre hollandais appelé Rembrandt.

— Mazette ! » répéta Peter.

À ce moment, Mme Claudius apporta un plateau avec des sandwiches, deux verres de lait et deux tasses de café. Chacun se servit, et M. Claudius reprit son histoire.

« Nous en arrivons à des incidents dramatiques. Silver prétendait que, puisque je l'avais mis à la porte, le tableau lui appartenait. Moi, je savais bien qu'il l'avait payé avec mon argent, et j'affirmais donc que le tableau était à moi. Il m'offrit de partager, moitié-moitié.

— Cela me paraît juste, approuva Peter. Après tout, c'est lui qui l'avait trouvé, votre tableau.

— Oui, c'était juste, dit Mme Claudius. Mais vous savez comment mon mari réagit lorsqu'on ose lui résister.

— Hé oui ! reconnut tristement le gros homme. J'ai menacé Silver de le faire arrêter. Il s'en est allé avec le tableau. Lorsque le mandat d'amener a été signé, il était trop tard ; Silver avait quitté Londres et l'Angleterre. Mon merveilleux tableau était hors d'atteinte.

— Par ta faute, souligna Mme Claudius.

— Évidemment, tous les marchands de tableaux du monde furent prévenus. Ils m'auraient signalé Silver s'il s'était montré. Mais, au lieu d'essayer de vendre la *Bergère à l'agneau*, il préféra la garder et se terrer avec elle en Californie.

— Oui, monsieur, dit Bob. Et lorsqu'on lui demandait ce qu'il cachait dans sa boîte, il répondait : "Un peu d'arc-en-ciel et beaucoup d'or."

— Encore une de ses devinettes ! Un peu d'arc-en-ciel parce que les couleurs du tableau sont vraiment étonnantes, et beaucoup d'or, parce que cette toile vaut une fortune.

« Quoi qu'il en soit, j'ai fini par recevoir une lettre de Silver. Il m'y expliquait que, lorsque je lirais ce message, il serait déjà mort, mais que le tableau était en lieu sûr. Pour le trouver, il faudrait résoudre une énigme. C'était la dernière farce qu'il me faisait, mais il en était fort satisfait.

« Il avait dressé six perroquets et un mainate à prononcer des phrases ayant une signification secrète. Je devais les acheter pour mille dollars, à verser à un certain M. Sanchez, puis écouter les phrases que disaient les perroquets et en déduire où se trouvait la *Bergère*. L'idée de cette facétie lui était venue, précisait-il, parce que le revêtement de la toile à propos de laquelle nous nous étions querellés représentait justement des perroquets.

— M. Silver voulait vous punir de la façon dont vous l'aviez traité, commenta Peter.

— Exactement. Après tout, c'était de bonne guerre. Seulement, quand la lettre arriva à Londres, j'étais au Japon et, lorsque je rentrai en Angleterre, j'eus beau sauter dans le premier avion qui partait pour les États-Unis, j'arrivai trop tard. De plus, dans mon émotion, j'ai dû faire allusion à la *Bergère* en public. Huganay en a entendu parler, et depuis il ne me lâche plus d'une semelle.

— Huganay est un fin renard, remarqua Mme Claudius. Et ce ne sont pas les scrupules qui l'étouffent.

— Ayant découvert que M. Sanchez avait vendu les perroquets, je suis devenu fou de rage ! poursuivit M. Claudius. Comme il a fini par m'indiquer dans quel quartier il était allé, je me suis mis à courir de porte en porte. J'ai réussi à retrouver et à racheter Sherlock Holmes et Capitaine Kidd. Les propriétaires n'ont fait aucune difficulté pour me les revendre, parce que les oiseaux paraissaient tristes et refusaient de parler.

« J'ai continué à chercher, toujours tremblant de crainte que quelqu'un d'autre ne découvre avant moi la *Bergère à l'agneau*. C'est comme cela que je me suis présenté chez M. Fentriss. J'ai sonné ; on n'a pas répondu, mais j'avais déjà vu, par la fenêtre, un perroquet à tête jaune. Perdant la mienne, je me suis introduit dans la maison et j'ai volé l'oiseau.

« Pour mon malheur, le perroquet n'a pas voulu parler chez moi. Alors j'ai inventé un stratagème. Je suis allé voir Fentriss en prétendant que j'étais de la police. Ainsi j'ai appris en quoi consistait le message de Shakespeare et où se trouvait Patapon. Enfin Fentriss me dit que, lorsque le Mexicain l'avait quitté, il n'avait pu encore se défaire de Barbenoire.

« Hélas ! je n'ai pas su cacher mon émotion. Fentriss m'a aussitôt soupçonné. Et, pour couronner le tout, voilà que je vois deux garçons traverser le jardin. Je n'ai fait ni une ni deux, j'ai terrassé Fentriss, je l'ai ligoté, bâillonné, sans d'ailleurs lui faire de mal, puis je suis allé vous intercepter et je vous ai renvoyés. Dès que vous êtes partis, je suis parti aussi.

« Je me suis rendu chez Mlle Waggoner immédiatement pour que Fentriss n'ait pas le temps de la prévenir. La maison était vide. J'ai pris Patapon. Je ressortais lorsque j'ai vu deux garçons qui se dirigeaient vers la maison, en compagnie d'une vieille demoiselle.

— C'était Hannibal Jones et moi, dit Peter d'un ton accusateur. Et c'est sûrement vous qui nous avez jeté cette vieille tuile ?

— C'était moi, reconnut M. Claudius. Je ne voulais pas vous blesser : vous effrayer seulement.

— Vous n'avez réussi qu'à rendre Hannibal encore plus décidé à savoir le fin mot de l'affaire.

— Je m'en doute. Mais laissez-moi finir. Dès que j'ai pu, je suis allé voir Sanchez. Avant cela, j'avais eu l'occasion de m'apercevoir que Huganay me suivait : c'est pourquoi j'ai caché ma Ranger et loué l'autre voiture.

« Vous avez pu croire que je voulais faire du mal à Sanchez lorsque vous êtes entrés. C'est une erreur. Il toussait à fendre l'âme et j'essayais de l'aider à s'asseoir, sans cesser de lui dire ce que je pensais de sa conduite, naturellement. Lorsque vous m'avez sauté dessus, il a bien fallu que je me défende et puis que je prenne le large. Cependant j'étais persuadé que vous travaillez pour Huganay.

« Comme il fallait rester caché pour tromper la surveillance de ce filou, j'ai loué ce camion, dans lequel je pouvais me déplacer sans être vu, pourvu que ma femme tînt le volant. Vous savez comment, ce matin, je vous ai filés. J'ai même assisté à votre rencontre avec ce grand garçon maigre qui, apparemment, a pu acheter Scarface.

— Celui-là, c'est Skinny Norris. Il veut toujours mettre des bâtons dans les roues de Babal, fit remarquer Peter.

— Imaginez ma situation ! poursuivit M. Claudius. Qui allais-je suivre ? Lui, dans sa voiture sport ? Vous, dans votre Rolls ? J'ai finalement décidé que ce serait vous, parce que j'avais entendu Scarface prononcer son message. Qu'est-ce qu'il a dit, au juste ? »

Mme Claudius tira un papier de sa poche.

« Petit malin, ne te monte pas le bourrichon.

— Curieuse remarque. En tout cas, je vous ai suivis, et vous savez la suite. Tous mes efforts n'ont servi à rien, à rien, à rien !

— Comment cela, à rien ? demanda Bob.

— Sur sept oiseaux, j'en ai cinq, précisa

M. Claudius. Et je ne connais pas encore un seul message, sauf celui de Shakespeare et celui de Scarface. À moi, les perroquets ne disent rien. Jamais. Et je serais bien étonné qu'ils changent d'avis. Regardez-les un peu ! »

12

Plan d'action

Les garçons se tournèrent vers les cinq perroquets. La tête basse, l'air lugubre, ils ne paraissaient vraiment pas décidés à se montrer bavards.

M. Claudius bondit soudain de son siège et fonça sur les oiseaux.

« Allez-vous parler ? rugit-il. Le message de Silver ! Immédiatement ! Vous m'entendez ? »

Les perroquets parurent devenir encore plus petits ; ils rentrèrent la tête dans les épaules et ne pipèrent mot.

« Voilà ce qu'il fait depuis qu'il a retrouvé le premier, remarque Mme Claudius. Il crie !

— C'est peut-être pour cela que les oiseaux se taisent, répondit Bob. Les perroquets sont connus pour leur nervosité. »

Le gros homme se rassit.

« Que voulez-vous que je fasse ? Moi, ils m'impatientent, ces animaux ! Le temps passe. Huganay est sûrement sur la piste de la *Bergère*. Il va me la voler.

— Nous possédons certains messages, dit Peter. Jusqu'à présent, nous pensions qu'ils n'avaient ni queue ni tête. Mais quand Babal connaîtra toute l'histoire, il en tirera peut-être des déductions incroyables !

— On pourrait déjà noter les messages qu'on a et voir s'ils nous apprennent quelque chose, suggéra Bob.

— Voilà une idée parfaitement raisonnable, Claude, déclara Mme Claudius. Je t'ai répété depuis le début que ces garçons pourraient t'aider si tu cessais de les traiter comme des ennemis.

— Bon, bon, je ne pouvais pas deviner. Je regrette ce que j'ai fait. Essayons votre proposition, les garçons. Si, grâce à elle, je retrouve ma *Bergère*, vous aurez mille dollars de récompense.

— Mazette ! s'écria Peter. Vite, Bob, ton crayon. »

Bob tira de sa poche de quoi écrire.

« Je peux vous donner encore un élément, dit M. Claudius. Dans sa lettre, John Silver m'a indiqué que le message était fait de sept phrases différentes et il m'a précisé dans quel ordre il fallait les prendre. Patapon prononce la phrase 1, Shakespeare la 2, Barbenoire la 3, Robin des Bois la 4, Sherlock Holmes la 5, Capitaine Kidd la 6 et Scarface la 7.

— C'est un renseignement très utile », dit Bob.

Il griffonna rapidement sur son carnet. Puis, il arracha une page et la montra à tout le monde.

Voici ce qu'il avait écrit :

MESSAGE DE JOHN SILVER (incomplet)

1. Patapon : « *Petit Patapon a perdu ses moutons. Il faut aller voir Sherlock Holmes.* »

2. Shakespeare : « *Être ou ne pas être. Beaucoup de-de-de-b-bruit pour rien.* »

3. Barbenoire : « *Je suis Barbenoire le Pirate. J'ai enterré mon trésor pour qu'il soit gardé par des morts. Yo ho ho ! et une bouteille de rhum !* »

4. Robin des Bois : ?

5. Sherlock Holmes : ?

6. Capitaine Kidd : ?

7. Scarface : « *Petit malin, ne te monte pas le bourrichon.* »

Tout le monde se groupa autour de Bob pour lire ce qu'il avait écrit.

« Vous voyez, dit le jeune détective, nous possédons déjà quatre messages. Il se trouve en effet que... que nous connaissons celui de Barbenoire. »

Ce n'était pas précisément le moment, pensait-il, de révéler que le mainate se trouvait au PC !

Le visage de M. Claudius se crispa de colère.

« Mais tout cela ne signifie rien ! tonna-t-il, rien du tout ! »

— Voyons, Claude, intervint Mme Claudius qui semblait raisonner plus sainement que son mari, il est évident que la première phrase, celle de Patapon, a trait au tableau lui-même. « Et ron, et ron, petit patapon », c'est la ritournelle de *Il était une bergère*, une bergère qui gardait ses moutons, ton-ton !

— Peut-être, peut-être ! bougonna le gros homme. Mais cette idée d'aller voir Sherlock Holmes à propos de moutons, ça n'a aucun sens.

— En tout cas, nous ne le distinguons pas. Passons à la phrase 2. Dites donc, les garçons, vous êtes sûrs de votre version ? M. Fentriss avait dit à mon mari que Shakespeare prononçait simplement : "Être ou ne pas être. Beaucoup de bruit pour rien".

— C'est parce qu'il croyait que M. Claudius était de la police et qu'il se moquerait de lui s'il lui avouait que son perroquet bégayait.

— Il bégaie ! Un perroquet bègue ! Et vous voulez que je comprenne quelque chose dans ce message indéchiffrable ?

— Tu ne vas tout de même pas renoncer dès la première difficulté ! s'indigna Mme Claudius. Laissons la phrase 2 et passons à la 3 qui semble décrire l'endroit où le tableau est caché.

— Gardé par des morts ! répéta M. Claudius en s'épongeant le front. Cela me fait penser à un repaire de pirates. Silver adorait les histoires de pirates et de trésors cachés.

— Alors il s'agirait d'une île qui aurait servi de refuge aux pirates de l'ancien temps ? C'est possible, acquiesça Mme Claudius.

— Et la phrase 7, celle de Scarface ! maugréa M. Claudius. Que peut-on tirer de cette expression argotique : "Ne te monte pas le bourrichon" ? J'ai bien l'impression que le "petit malin" en question, dans l'esprit de Silver, c'était moi. Et ce qu'il a voulu mc dire, c'est que je n'arriverais jamais à trouver le mot de son énigme !

— Si nous avions les trois phrases manquantes, nous y verrions peut-être plus clair. Sans elles, je ne vois vraiment pas ce que nous pouvons faire, remarqua Mme Claudius.

— J'ai une idée, fit Bob.

— Laquelle, mon garçon ? demanda le gros homme.

— Robin des Bois, Sherlock Holmes et Capitaine Kidd sont ici. Il suffirait de les faire parler pour posséder le message complet. Je suis sûr qu'Hannibal saurait le déchiffrer.

— Mais puisqu'ils ne veulent pas parler, ces maudits volatiles ! regardez-les donc ! »

M. Claudius n'avait pas tort. L'air morose, les perroquets installés chacun sur son perchoir ne manifestaient pas la moindre intention de prendre la parole.

« M. Sanchez a assisté aux séances de dressage, remarqua Peter. Les perroquets le connaissent. Ils lui parlaient, quand il les a vendus. Moi, je parie qu'il pourrait les faire jaser s'il était là.

— Juste Ciel ! rugit M. Claudius tout à coup épanoui. Tu as raison. »

Il saisit la feuille de papier sur laquelle Bob avait inscrit le message de John Silver et la fourra dans la poche extérieure de son veston.

« Bien sûr, M. Sanchez les fera parler ! J'aurai ma *Bergère* avant qu'Huganay ait le temps de dire ouf ! Filons chez Sanchez ! »

13

M. Huganay intervient

Dix minutes plus tard, le camion roulait à vive allure. M. Claudius conduisait. Tout le monde était d'excellente humeur. Peter et Bob occupaient le siège avant. Mme Claudius avait pris place derrière pour surveiller les cinq perroquets.

Soudain, Mme Claudius appela son mari :

« Claude !

— Qu'y a-t-il ?

— Par la vitre arrière, je vois une voiture qui nous suit.

— Une voiture qui nous suit ? Moi, je ne vois rien dans mon rétroviseur.

— Elle est cachée par un virage. Maintenant, on la voit.

— En effet. Une grosse limousine grise. Tu crois que c'est nous qu'elle suit ?

— Je ne suis pas certaine, mais j'en ai l'impression.

— Une limousine grise ? demanda Peter. Laissez-moi regarder. »

Comme il ne put arriver à rien voir par la vitre arrière, il finit par ouvrir la portière et par se pencher à l'extérieur.

« Je ne la vois pas... », commença-t-il.

Puis :

« Elle nous rattrape ! Et on dirait que c'est celle qui a failli heurter la Rolls dans l'allée de M. Fentriss.

— C'est Huganay ! s'écria M. Claudius. Il va nous prendre de vitesse. Que pouvons-nous faire ?

— Essayer de rester en tête jusqu'à la première ville, répondit Mme Claudius.

— La première ville ? Elle est à dix kilomètres ! Enfin, je vais tâcher. »

Il appuya sur l'accélérateur et le vieux camion partit à fond de train.

La route serpentait entre les collines. Les deux garçons tombaient l'un sur l'autre à chaque virage. Derrière, les perroquets affolés poussaient des cris perçants. Les pneus grinçaient à tous les tournants. M. Claudius, penché sur le volant, conduisait la vieille guimbarde comme une voiture de course.

Au bord de la route, prenait naissance un précipice de cent mètres de profondeur... Il n'était séparé de la chaussée que par un étroit parapet.

« Huganay est à un mètre de nous. Il essaie de nous dépasser ! cria Mme Claudius.

— Je le vois dans le rétroviseur, répondit son mari. Je vais tenter de l'en empêcher. »

Il plaça le camion au milieu de la route. Derrière, il y eut un grincement de pneus et un coup de trompe. La limousine qui n'avait pas réussi sa manœuvre ralentit légèrement. Le camion poursuivit sa course au milieu de la chaussée, zigzaguant et empêchant toujours les poursuivants de passer.

« Attention ! » cria Bob.

Droit devant eux, venait d'apparaître un fourgon poids lourd qui, jusque-là, était caché par un virage.

M. Claudius braqua à droite et réussit à regagner à temps le bon côté de la route. On vit passer le visage stupéfait du conducteur du poids lourd...

La limousine, profitant de l'occasion, accéléra à fond et vint se placer tout à côté du camion, roulant de front avec lui. À l'intérieur, Bob et Peter virent trois hommes et un jeune garçon. L'un des hommes était Huganay, et il faisait des signes frénétiques à M. Claudius, pour que celui-ci s'arrêtât. Quant au garçon, dont l'expression paraissait être un mélange de peur et de triomphe, les deux jeunes détectives ne connaissaient que trop son visage étiré en longueur et son nez interminable...

« Skinny ! cria Peter. Skinny Norris ! Si je mets la main sur lui, je vais te l'arranger proprement ! »

Mais pour l'instant, c'était plutôt à Skinny que la chance paraissait sourire.

La route s'étendait, toute droite. Le camion roulait au bord du précipice, et la limousine, centimètre à centimètre, le poussait toujours plus près de l'abîme.

« Il faut que je m'arrête ou nous allons basculer ! » cria M. Claudius en actionnant le frein.

Le camion s'arrêta à quelques millimètres du bord ; la limousine, tout contre le camion, si bien que ses occupants étaient pris au piège. D'un côté, le gouffre. De l'autre, la limousine bloquant la portière.

Huganay, toujours fort élégant, sourit largement en retirant son cigare de sa bouche.

« Ce cher Claude ! s'écria-t-il. Quel plaisir de vous rencontrer ici ! L'Amérique n'est donc pas aussi étendue qu'on le prétend.

— Que me voulez-vous, Huganay ? demanda M. Claudius, blanc comme un linge. Vous avez manqué nous tuer.

— Nullement. Je savais bien que vous finiriez par vous arrêter. Il paraît que vous avez un chargement de perroquets. J'adore ce genre d'oiseaux et j'ai l'intention de vous débarrasser des vôtres. Adams, allez me chercher les oiseaux qui sont dans le camion.

— Oui, monsieur. »

Le chauffeur de la limousine descendit de voiture et alla ouvrir la portière arrière du camion. Mme Claudius paraissait résolue à lui opposer une résistance opiniâtre, mais son mari lui cria :

« Donne-les-lui. Ces messieurs sont les plus forts. »

Une à une, Mme Claudius passa les cinq cages au chauffeur de la limousine.

Quant à Skinny Norris, maintenant que le danger était passé, il savourait sa victoire. Il baissa la vitre de sa portière pour interpeller Peter et Bob.

« Ha ! ha ! railla-t-il. Des détectives ! Vous n'êtes que des gamins au service d'un escroc. »

Les garçons dédaignèrent de répondre.

Le chauffeur avait déposé les cinq cages sur la route.

« Patron ! elles vont prendre de la place dans la voiture, ces volailles, fit-il remarquer à Huganay. Le gamin va nous gêner.

— C'est juste, reconnut le chef des voleurs. Jeune homme, veuillez descendre.

— Comment cela, "veuillez descendre" ? s'étonna Skinny. Mais je travaille avec vous !

— Je crois que nous continuerons de travailler sans vous, répondit calmement Huganay. Lester, jette le gamin dehors.

— Volontiers, patron. »

Et le quatrième occupant de la limousine, personnage énorme et hideux, saisissant Skinny au collet, le précipita sur la chaussée.

Skinny faillit tomber. Retrouvant son équilibre à grand-peine, il se tourna vers Huganay. La stupéfaction du garçon était comique.

« Vous m'avez promis cinq cents dollars de récompense si vous récupériez vos perroquets !...

— Tu n'as qu'à nous envoyer une facture ! » répondit Adams avec un gros rire.

Puis, finissant d'entasser les cages dans la limousine, il s'écria :

« Eh ! patron ! Il en manque un, de perroquet ! Le noir n'est pas là.

— Pas là ? »

Huganay se pencha par la portière. Sa petite moustache en était presque à chatouiller le visage convulsé de M. Claudius.

« Claude, fit Huganay d'une voix basse et menaçante, où est Barbenoire ? Il me faut les sept oiseaux pour déchiffrer le message.

— Vous avez fouillé mon appartement et lu mes notes, je le savais bien, répliqua le gros homme.

— Claude, répéta l'autre, où est Barbenoire ? Il me le faut.

— Je n'en sais rien, je ne l'ai jamais vu.

— Mais peut-être ces très intelligents garçons l'ont-ils vu, eux ?... »

Le regard du voleur, métallique et froid, pesa sur les jeunes détectives.

« Où est Barbenoire, mes petits amis ?

— Ce n'est pas nous qui l'avons », répondit Bob hardiment.

Bien sûr, ce n'étaient pas eux : c'était Hannibal.

Les yeux gris de Huganay revinrent se poser sur M. Claudius et repérèrent le bout de papier qui dépassait de la poche de son veston. Le voleur tendit la main et saisit le papier.

« Vous êtes généralement si soigné, si rangé ! ironisa Huganay. C'est peut-être un document d'importance que vous avez là ?... Ah ! en effet. Quatre phrases sur sept. Parfait. Nous n'avons donc pas besoin de Barbenoire. Nous suppléerons à loisir les trois phrases manquantes puisque nous avons les perroquets correspondants. Adieu, mon cher Claude. Nous nous reverrons à Londres. »

La limousine démarra. Quelques instants plus tard, elle avait disparu.

M. Claudius, dont le teint devenait livide, s'affala sur son volant et poussa un gémissement.

« Qu'y a-t-il, Claude ? Tu es malade ? demanda sa femme.

— Une de mes crises ! haleta le gros homme.

— Je le craignais. Il va falloir t'emmener à l'hôpital. »

Mme Claudius fit rapidement le tour de la voiture et se mit au volant après avoir repoussé son mari avec douceur. Bob s'assit sur les genoux de Peter pour gagner de la place. M. Claudius, comprimant son estomac avec ses mains, gémissait.

« C'est un malade, expliqua Mme Claudius en

mettant le moteur en marche. Lorsqu'il est calme, il ne souffre guère. Mais les émotions déterminent généralement une crise stomacale assez grave. Claude devra passer plusieurs jours à l'hôpital.

« Je vais vous demander de ne raconter à personne ce qui vient de se passer. Aux États-Unis, Huganay n'est pas recherché par la police. Et de quoi pourrions-nous l'accuser ? Si les journaux s'emparaient de l'affaire, il y aurait encore des émotions pour Claude. Évidemment, si, par quelque moyen, vous réussissez à retrouver le tableau, son offre de récompense tient toujours ; cependant, je ne vous conseille pas de vous heurter à Huganay. C'est un homme très dangereux. »

On avait oublié Skinny Norris. Mais, avant que le camion ne démarrât, l'ennemi juré des jeunes détectives mit la main sur la poignée de la portière.

« Hé, attendez ! fit-il. Vous n'allez pas me laisser ici tout seul ! Vous allez me ramener en ville, j'espère ? »

Mme Claudius le foudroya du regard.

« Montez derrière ! commanda-t-elle. Et racontez-nous comment vous avez fait pour mettre Huganay à nos trousses. Je vous conseille de vous dépêcher de parler.

— Je me dépêche, dit Skinny en grimpant dans le camion. Ça a commencé par hasard. Je marchais dans la rue quand une limousine s'est arrêtée près de moi, et M. Huganay m'a demandé si je connaissais des garçons qui se promenaient dans une Rolls dorée. Il savait que la Rolls était celle de Rocky, parce qu'il avait noté le numéro d'immatriculation.

« Je lui ai répondu que je les connaissais, et qu'ils se faisaient passer pour des détectives, tandis qu'ils n'étaient en réalité... »

Skinny, très mal à l'aise, jeta un regard en dessous à Peter et à Bob.

« Vas-y, mon vieux, vas-y ! dit Peter.

— ... Tandis qu'ils n'étaient en réalité que des gamins ayant gagné un concours, ce qui leur donnait le droit de se servir de cette voiture. Alors M. Huganay m'a demandé si vous vous étiez procuré récemment des perroquets à tête jaune. Je lui ai proposé de m'en assurer, et il m'a donné un numéro de téléphone pour que je lui rende compte de ma mission. Il m'a raconté que des perroquets extrêmement rares avaient été volés, et qu'il me donnerait cent cinquante dollars par perroquet retrouvé.

« Ce soir-là j'étais à Hollywood et, comme vous savez, j'ai appris que vous cherchiez des perroquets à tête jaune et aussi où il y en avait un. J'y suis allé le premier et je l'ai acheté. Après vous avoir rencontrés, j'ai téléphoné à M. Huganay.

« Il s'est montré très aimable. Il m'a dit que vous aidiez un voleur de perroquets, mais que, probablement, vous ne le saviez pas vous-mêmes. Il m'a demandé de vous filer.

« J'ai cherché la Rolls et, lorsque je l'ai eu repérée, j'ai attendu. J'ai été perplexe quand je l'ai vue partir sans vous. Mais ensuite vous avez paru à votre tour. Vous portiez un perroquet dans une cage. Vous êtes montés dans ce camion. Je vous ai suivis et j'ai vu où le camion s'arrêtait. Alors je suis allé jusqu'à la cabine téléphonique la plus proche pour appeler M. Huganay. Il m'a félicité et m'a recommandé de l'attendre. Il viendrait me prendre, nous capturerions le voleur, et ensuite je recevrais une prime de cinq cents dollars.

« Il est arrivé juste à temps : au moment où vous remontiez en camion. Nous vous avons suivis et... et... »

Skinny Norris n'en menait pas large.

« Et voilà l'histoire, acheva-t-il lamentablement.

— Très bien, dit Mme Claudius en freinant brusquement. Maintenant, descends. Tu rentreras à pied. Compris ? »

Skinny ne se le fit pas répéter. Il obéit, tout tremblant.

« Grâce à toi, je dois emmener mon mari à l'hôpital. Grâce à toi, un voleur va s'emparer d'un chef-d'œuvre d'une immense valeur. Voilà deux bons sujets de réflexion pour la petite promenade que tu vas faire. »

Sur ces mots, Mme Claudius démarra de nouveau.

Skinny Norris resta seul sur la route. Il avait l'air bien malheureux, mais ni Peter ni Bob n'avaient pitié de lui.

14

Le message reconstitué

Hannibal Jones, le sourcil froncé, était assis derrière son bureau au PC.

Peter et Bob, installés en face de lui, venaient de lui faire le compte rendu de leurs aventures de la journée.

Tous les trois se sentaient las : Hannibal avait eu une dure journée au Paradis de la Brocante et ses deux adjoints n'étaient pas encore remis de leurs émotions.

Après un long silence, Hannibal parla.

« L'expérience montre, dit-il, que notre Rolls

dorée a permis deux fois à des éléments hostiles de retrouver notre trace. Il faut tirer de ces constatations les conclusions qui s'imposent. Dans la conduite d'une enquête, il est dangereux d'attirer l'attention, aussi bien par le mode de transport utilisé que par l'accoutrement ou le comportement.

— Et c'est tout ce que tu trouves à dire ! s'indigna Peter. Nous avions réuni les perroquets. Nous étions sur le point de connaître le message de John Silver de bout en bout, et maintenant, voilà, pfft, plus rien ! Maintenant c'est Huganay qui a les perroquets, les indices, et probablement le tableau.

— Les perroquets ont dû être bouleversés par ces événements, fit remarquer Hannibal. Ça m'étonnerait que M. Huganay soit déjà arrivé à les faire parler.

— Il y arrivera, répondit Bob, d'un ton lugubre. Ce n'est pas le genre de bonhomme à qui on aimerait désobéir.

— De toute façon, cela nous donne un peu de temps.

— Du temps pour quoi faire ? demanda Peter. Nous connaissons quatre messages sur sept, c'est entendu. Mais il nous les faut tous les sept ! Et ce n'est pas Huganay qui viendra nous rendre les perroquets.

— Tu as raison, dit Hannibal. Autant considérer ce point comme acquis. Nous n'avons pas récupéré le perroquet de M. Fentriss. Nous n'avons pas récupéré le perroquet de Mlle Waggoner. Nous n'avons pas aidé M. Claudius à récupérer le tableau de John Silver. Nous avons échoué sur toute la ligne.

— Nous n'avons même pas donné une bonne raclée à Skinny Norris, ajouta Peter. Il paraît qu'il a quitté la ville pour quelques semaines. Il serait allé voir des amis. C'est du moins ce qu'affirme la bonne : je me suis renseigné. »

Il y eut un long silence. Enfin Hannibal inclina la tête.

« Oui, fit-il. Je ne peux imaginer aucun moyen de retrouver les perroquets ou de deviner les trois phrases qui nous manquent. Notre enquête se solde par une déconfiture complète. »

Nouveau silence. On n'entendait que Barbe-noire qui mangeait sans discrétion ses graines de tournesol.

Bob soupira.

« Si seulement nous avions pu faire parler Capitaine Kidd, Sherlock Holmes et Robin des

Bois quand nous les avions sous la main ! Nous aurions eu le message complet. »

Barbenoire, mettant la tête de côté, jeta un coup d'œil coquin aux trois garçons. Comme d'habitude, il paraissait les écouter attentivement. Il battit des ailes, et proclama à haute et intelligible voix :

« Je suis Robin des Bois, souple et preste. J'ai tiré une flèche à cent pas à l'ouest. »

Les Trois jeunes détectives, les yeux écarquillés, se tournèrent vers l'oiseau.

« Vous avez entendu ? demanda Peter.

— Pensez-vous que... ? commença Bob.

— Doucement, dit Hannibal. Ne le troublez

pas. Voyons s'il va recommencer. Robin des Bois ! Bonjour, Robin des Bois.

— Je suis Robin des Bois, répéta le mainate. Je suis Robin des Bois, souple et preste. J'ai tiré une flèche à cent pas à l'ouest. »

Et il battit des ailes encore une fois.

Hannibal lui-même parut impressionné.

« Barbenoire était un familier de John Silver, remarqua-t-il. Il a fort bien pu assister à toutes les séances de dressage.

— Mais oui ! Je me rappelle maintenant que, la première fois, il a répété le message de Scarface : "Petit malin, ne te monte pas le bourrichon." Seulement nous ne savions pas à quoi cela correspondait. Il paraît que les mainates sont généralement très intelligents et qu'ils parlent mieux que les perroquets. Alors peut-être...

— Nous allons faire un essai », dit Hannibal.

Tendant une grosse graine de tournesol à Barbenoire, le détective en chef prononça clairement :

« Sherlock Holmes ! Bonjour, Sherlock Holmes. »

Immédiatement, Barbenoire battit des ailes. Avec un fort accent britannique, il répondit :

« Vous connaissez mes méthodes, mon cher Watson. Trois sept conduisent au treize.

— Inscris, Bob », commanda Hannibal.

Ordre inutile : Bob notait déjà. Hannibal fit une nouvelle tentative.

« Capitaine Kidd ! Bonjour, capitaine Kidd. »

Tout en parlant, il tendait une grosse graine au mainate, qui la saisit, l'avala, puis, faisant claquer son bec, déclara :

« Je suis le capitaine Kidd. Cherchez soigneusement, derrière les ossements, sous les pierres, dans le trou, une boîte sans verrous.

— Mazette ! s'écria Peter impressionné. C'est un magnétophone à plumes que nous avons là. Il connaît les sept messages par cœur !

— J'aurais dû m'en douter quand il a prononcé la phrase de Scarface », dit Hannibal, visiblement vexé.

Barbenoire avait compris le jeu. Il n'avait pas plus tôt entendu le nom de Scarface qu'il battit encore des ailes et ricana :

« Petit malin, ne te monte pas le bourrichon. Je te passerais bien le tuyau, mais tu ne saurais qu'en faire. Ha ! ha ! ha ! »

Les garçons remarquèrent à peine le rire sardonique qui achevait cette phrase – un rire qui suggérait quelque plaisanterie énorme –, tant ils étaient émus de posséder enfin les sept parties du message.

Bob écrivait à toute vitesse. Lorsqu'il eut fini, il tendit sa feuille de papier à Hannibal.

« Voici le message complet », annonça-t-il.

Peter se pencha par-dessus l'épaule d'Hannibal et les trois garçons lurent ensemble :

MESSAGE DE JOHN SILVER (complet)

1. Patapon : « *Petit Patapon a perdu ses moutons. Il faut aller voir Sherlock Holmes.* »

2. Shakespeare : « *Être ou ne pas être. Beaucoup de-de-de-b-bruit pour rien.* »

3. Barbenoire : « *Je suis Barbenoire le Pirate. J'ai enterré mon trésor pour qu'il soit gardé par des morts. Yo ho ho ! et une bouteille de rhum !* »

4. Robin des Bois : « *Je suis Robin des Bois, souple et preste. J'ai tiré une flèche à cent pas à l'ouest.* »

5. Sherlock Holmes : « *Vous connaissez mes méthodes, mon cher Watson. Trois sept conduisent au treize.* »

6. Capitaine Kidd : « *Je suis le capitaine Kidd. Cherchez soigneusement, derrière les ossements, sous les pierres, dans le trou, une boîte sans verrous.* »

7. Scarface : « *Petit malin, ne te monte pas le bourrichon. Je te passerais bien le tuyau mais tu ne saurais qu'en faire.* »

« Et voilà, dit Peter. Le message entier est là. Il n'y a plus qu'une toute, toute petite difficulté...

— Laquelle ? s'étonna Bob.

— Il va falloir essayer de comprendre ce que ça peut bien signifier », répondit Peter.

15

Triple galop

Bob passa toute la journée suivante à travailler à la bibliothèque. Mais il vivait comme dans un rêve, à des millions de kilomètres de là. Il se procura un livre sur les codes et les chiffres, et le feuilleta, mais sans rien apprendre. Hannibal et Peter, espérait-il, arriveraient à de meilleurs résultats que lui. Après dîner, il prit sa bicyclette, roula jusqu'au Paradis de la Brocante, se faufila dans le tunnel 2... Mais des visages sombres l'accueillirent au PC.

Peter reconnut sans ambages qu'il n'avait

guère d'aptitudes pour déchiffrer les cryptogrammes. Hannibal, pinçant sa lèvre inférieure, déclara qu'il n'avait toujours pas saisi le sens du message de John Silver.

« Certains points me semblent toutefois assez clairs, ajouta-t-il. La phrase 1, comme le dit Mme Claudius, doit simplement signifier que le tableau représentant la *Bergère à l'agneau* a été caché quelque part. »

Les deux garçons inclinèrent la tête en signe d'assentiment.

« Mais pourquoi "il faut aller voir Sherlock Holmes" ? demanda Bob.

— Ma foi, ce serait bien commode, si on pouvait le faire, remarqua Peter.

— Cet élément me demeure encore inintelligible, avoua Hannibal. En effet, la phrase 5, celle de Sherlock Holmes, est : "Vous connaissez mes méthodes, mon cher Watson", citation connue, tirée des récits de Conan Doyle dont Sherlock Holmes est le héros, complétée de l'étrange déclaration : "Trois sept conduisent au treize." Passons à la phrase 2, celle de Shakespeare. Elle me semble absolument incompréhensible aussi.

— La phrase 3, celle de Barbenoire, a l'air de faire allusion à un repaire de pirates, fit remarquer Bob. M. Claudius nous a dit que John Silver adorait les histoires de pirates et d'île au trésor. Il serait assez normal qu'il ait choisi ce genre d'endroit comme cachette. »

Hannibal déplia une carte.

« Voici une carte de la Californie du Sud. Nous savons, grâce à Carlos, que M. Silver est resté absent trois jours. A-t-il marché ? A-t-il fait de l'auto-stop ? Nous n'en savons rien. Toujours est-il qu'en trois jours il aurait pu aller très loin. Jusqu'à l'île Catalina, jusqu'à Mexico ou même jusqu'à la vallée de la Mort.

— La vallée de la Mort ! s'écria Peter. Il doit y avoir des tas d'ossements là-dedans. Moi, je vote pour la vallée de la Mort. Seulement, on ne peut pas aller chercher une malheureuse petite boîte dans toute une vallée !

— Certainement pas, dit Hannibal. D'ailleurs la vallée de la Mort ne représente qu'une possibilité parmi d'autres.

— Phrase 4, reprit Bob : “J'ai tiré une flèche à cent pas à l'ouest”, c'est bien une indication. Il faut aller à cent pas à l'ouest d'un endroit donné.

— Mais comme nous ne connaissons pas l'endroit..., intervint Peter.

— Nous nous sommes déjà occupés de la

phrase 5 et nous avons constaté que nous n'y comprenions rien, poursuivit le détective en chef. Nous en arrivons à la phrase 6 : "Cherchez soigneusement derrière les ossements, sous les pierres, dans le trou, une boîte sans verrous." Voilà encore une indication précise.

— Tu trouves ça précis, toi ? s'indigna Peter. Quels ossements ? Quelles pierres ?

— En tout cas, on dirait encore un repaire de pirates, remarqua Bob.

— La seule île de la région, c'est l'île Catalina, et il n'y a jamais eu de pirates dessus, objecta Peter.

— À l'époque de la ruée vers l'or, il y avait beaucoup de bandits de grands chemins, dit Hannibal. On pourrait les considérer comme des pirates.

— Admettons, fit Bob. Et la dernière phrase ? "Petit malin, ne te monte pas le bourrichon. Je te passerais bien le tuyau mais tu ne saurais qu'en faire." Qu'est-ce que cela peut signifier ? Évidemment, il faut entendre le "tuyau" dans le sens de "renseignement". Mais, malgré tout, on a l'impression que John Silver voulait dire à M. Claudius : "Même si vous déchiffrez mon message, vous ne trouverez pas le tableau." »

Hannibal avait le sourcil férocement froncé. Il aimait les énigmes, mais il détestait se voir battu.

« Ce que j'espère, dit-il, c'est que Huganay, le voleur, a au moins autant de difficultés que nous. Nous avons Barbenoire ; il a les autres perroquets que, tôt ou tard, il fera parler. Or, il faut que nous découvrions la *Bergère à l'agneau* avant lui. Notre réputation de détectives l'exige. »

Personne ne trouva rien à répondre. Enfin, le détective en chef se leva.

« Je vous téléphonerai quand je serai arrivé à un résultat, annonça-t-il. Avant cela, pas la peine de nous réunir. Ou alors, si vous avez des idées, appelez-moi. »

Ils se séparèrent. Bob et Peter rentrèrent chez eux, et leurs parents ne furent pas peu surpris de les voir si tôt à la maison.

Le lendemain, Hannibal, de corvée au Paradis de la Brocante, se trompa trois fois dans ses comptes. Peter, qui n'espérait pas résoudre le problème du message, prit tout son temps pour laver et graisser la voiture de sa mère. Bob, qui, au contraire, ne pensait que chiffres et cryptogrammes, fit tant d'erreurs dans le classement des fiches de la bibliothèque que le bibliothécaire le renvoya chez lui.

À moitié étendu dans un fauteuil et le regard perdu dans les nuages, il était si tranquille que, rentrant dîner, M. Andy père ne put retenir un mouvement d'inquiétude.

« Ça ne va pas, Bob ? demanda-t-il en ôtant sa pipe de sa bouche. Quelque chose qui te tracasse ?

— Oui, papa. Une énigme... »

Soudain, Bob pensa que quelqu'un d'autre pourrait peut-être trouver cette solution qu'il cherchait en vain depuis si longtemps. Dans le fond, tout le monde prenait son papa pour un journaliste très brillant...

Bob tourna vers son père un visage préoccupé, sous ses cheveux emmêlés.

« Papa, si tu voulais cacher un trésor de façon à pouvoir laisser un message disant : “J’ai enterré mon trésor pour qu’il soit gardé par des morts”, où le mettrais-tu ?

— Dans l’Ile au trésor, celle de Robert Louis Stevenson, répondit M. Andy en rallumant sa pipe. Ou dans quelque autre repaire de pirates.

— Et si tu n’avais pas d’îles de pirates à ta disposition ? »

M. Andy se prit à réfléchir en tirant énergiquement sur sa pipe.

« Hum ! fit-il enfin. Il y a bien un endroit très simple à trouver, et qui correspondrait parfaitement à ta description...

— Lequel, papa ? demanda Bob en se redressant.

— Un cimetière, dit M. Andy en souriant.

— Ça alors ! »

Rapide comme une flèche, Bob fonça sur le téléphone. Il passa avec une telle vitesse sous le nez de son père que M. Andy faillit en perdre sa pipe.

Bob appelait déjà le PC. Le téléphone sonna plusieurs fois. Enfin Hannibal répondit.

« Babal, fit Bob à voix basse. Tu sais, le message de Barbenoire ?

— Oui ?

— S'il concernait un cimetière. Ce seraient bien les morts qui garderaient le tableau, non ? »

Un long silence. Puis, d'une voix quelque peu étranglée, Hannibal dit :

« Bob, ne sors pas. Je te rappellerai. »

Pendant tout le dîner, Bob ne tint pas en place. Il attendait la sonnerie du téléphone. Elle vint lorsqu'il finissait son dessert. Bob se précipita sur l'appareil.

« Oui ?

— Roquet de la porte rouge. Triple galop ! » annonça la voix du détective en chef, manifestement ému.

Et il raccrocha.

Bob raccrocha aussi. « Triple galop », cela signifiait qu'il fallait se rendre au PC immédiatement et dans le plus grand secret possible.

« Maman, papa, il faut que je sorte. Hannibal a besoin de moi. Je serai rentré pour dix heures. Je peux ? Merci beaucoup. »

Sans avoir attendu la réponse, Bob disparut.

« De quoi s'agit-il ? demanda M. Andy. Je n'ai rien compris à ce qu'il vient de dire.

— Les garçons cherchent à retrouver un perroquet perdu, expliqua Mme Andy en souriant.

Bob m'en a parlé il y a quelques jours. Je suppose qu'Hannibal a un indice.

— Retrouver un perroquet perdu ? répéta M. Andy en sirotant son café. Voilà qui me paraît une occupation salutaire et sans grands dangers... »

Tout à coup, une inquiétude lui traversa l'esprit.

« Mais alors pourquoi m'a-t-il parlé de cimetière ?... »

Cependant Bob pédalait de toutes ses forces, se dirigeant vers l'entrée secrète du Paradis de la Brocante.

Bob brouille les pistes

Bob et Peter parvinrent au Rogues de la porte [illegible] à peu près au même moment. Ils ne perdirent pas de temps en salutations, sachant quel message ils avaient l'un et l'autre reçu. Ils évitèrent la porte, poussèrent leurs bicyclettes à l'intérieur, entrèrent à leur tour sous, se glissant dans le tunnel qui aboutit au P.C., ne tardèrent pas à déboucher dans le bureau où Hannibal les attendait.

Le détective en chef était assis au milieu de [illegible] des piles entières de livres. Il avait même à

16

Bob brouille les pistes

Bob et Peter parvinrent au Roquet de la porte rouge à peu près au même moment. Ils ne perdirent pas de temps en salutations, sachant quel message ils avaient, l'un et l'autre, reçu. Ils ouvrirent la porte, poussèrent leurs bicyclettes à l'intérieur, entrèrent à leur tour, puis, se glissant dans le tunnel qui montait au PC, ne tardèrent pas à déboucher dans le bureau où Hannibal les attendait.

Le détective en chef avait rassemblé autour de lui des piles entières de livres. Il avait peine à cacher sa surexcitation : ses adjoints en conclurent qu'il avait du nouveau à leur apprendre.

« Il faut agir vite, dit Hannibal.

— Tu as décrypté le message ? demanda Bob.

— Une partie seulement. C'est toi qui m'as donné l'indice nécessaire en me parlant du cimetière.

— C'est papa qui a eu l'idée, précisa honnêtement Bob.

— À partir de là, reprit Hannibal, j'ai pu progresser. Voyez-vous, le message de John Silver comporte sept phrases réparties entre sept perroquets, mais nous n'avons plus besoin de nous occuper des perroquets. Les phrases, en tant que telles...

— Cesse de parler et dis quelque chose ! intervint Peter.

— En admettant que la phrase 3 nous apprenne que le tableau est caché dans un cimetière, il est raisonnable de supposer que les phrases 1 et 2 indiquent où se trouve ce cimetière.

— C'est raisonnable, reconnut Bob, mais malheureusement ce n'est pas vrai.

— La phrase 1 est celle-ci : "Petit Patapon a

perdu ses moutons. Il faut aller voir Sherlock Holmes." Cela vous paraît-il normal ?

— Sherlock Holmes est mort depuis longtemps, fit remarquer Peter.

— D'ailleurs il n'a jamais existé : c'est un personnage de roman, ajouta Bob.

— Précisément, dit Hannibal. Néanmoins, si nous voulions aller voir Sherlock Holmes, nous devrions nous présenter à son adresse. Or, il habitait...

— À Londres, fit Peter.

— Baker Street, compléta Bob.

— Parfait. Nous devrions donc aller explorer Baker Street à Londres. Maintenant, prenons la phrase 2 : "Être ou ne pas être. Beaucoup de-de-de b-bruit pour rien." Les perroquets ne bégaient pas naturellement. Ils ne le font que si on leur apprend à le faire. Donc, nous devons attacher une importance particulière au fragment "de-de-de b".

— C'est bien ce que j'ai fait, mais ça ne sert à rien », protesta Peter.

Hannibal griffonna quelque chose sur un bout de papier.

« Regardez ce qui se passe si j'écris ces indications de la façon suivante. »

Il leur tendit le papier et les garçons y lurent :

Baker Street 222 B

« Baker Street deux-deux-deux B ! articula Bob.

— Mazette ! C'est une adresse ! s'écria Peter.

— L'adresse d'un cimetière ? » demanda Bob.

De son tas de livres, Hannibal réussit à extraire un vieil atlas de la Californie du Sud.

« Il y a des centaines de villes dans cette région, dit-il, et beaucoup d'entre elles, j'ai vérifié, ont une rue Baker. Cependant, à Merita, au sud de Los Angeles, j'ai trouvé un vieux cimetière dont l'adresse est 222 B Baker Street.

— Comment as-tu trouvé ça ? demanda Peter.

— En fouillant dans tous ces livres et dans l'annuaire téléphonique. J'ai même découvert une brochure qui mentionne le cimetière. C'est une brochure pour touristes. Écoutez. »

Il lut à haute voix :

Le cimetière de Merita est l'un des plus vieux de Californie. Il n'est plus utilisé et se trouve actuellement en mauvais état. Sa restauration est prévue, à titre de lieu historique.

Hannibal referma la brochure.

« Merita est située à quelque quarante-cinq kilomètres au sud de l'endroit où John Silver habitait chez l'oncle de Carlos. Je pense donc que nous avons réussi à identifier l'endroit où il a caché le tableau.

— Et la suite du message ? demanda Bob. Tu l'as déchiffrée aussi ?

— Non. Je ne pense pas qu'on puisse le faire avant d'être sur les lieux. C'est pourquoi nous devons nous rendre à Merita.

— Eh bien, demain, à la première heure, nous prendrons la Rolls, proposa Peter.

— Il est possible que, en ce moment précis, Huganay soit en train de déchiffrer le message, lui aussi, répondit Hannibal. Il n'est pas question de perdre une minute. Nous devons y aller immédiatement. Nous avons le temps d'y faire un saut, de trouver le tableau et de revenir avant la nuit. Malheureusement nous ne pouvons y aller tous ensemble, et nous ne pouvons pas utiliser la Rolls.

— Pourquoi pas ? demanda Peter.

— Parce que M. Huganay nous fait probablement surveiller. Or, la Rolls est très facile à repérer, nous l'avons déjà appris à nos dépens. Donc, voici mon plan. »

En quelques mots, il exposa son stratagème. Bob éleva des protestations, mais en vain. Enfin, reconnaissant la valeur des arguments d'Hannibal, il céda.

Quelques minutes plus tard, la Rolls vint s'arrêter devant le Paradis de la Brocante, et les trois garçons grimpèrent à l'intérieur, sans prendre la moindre précaution pour n'être pas aperçus par un observateur éventuel – au contraire.

Fitch était de nouveau au volant. Il sourit aux garçons de toutes ses dents jaunes.

« Alors ? demanda-t-il. Encore la chasse aux perroquets ?

— Exactement, répondit Hannibal sèchement. L'un d'eux est soupçonné de vouloir assassiner le président des États-Unis. Voulez-vous, s'il vous plaît, contourner les bâtiments du Paradis par l'autre côté ? Lorsque vous y serez arrivé, conduisez très lentement, mais ne vous arrêtez pas. »

Non sans un mouvement d'humeur, le chauffeur obéit.

Lorsque la Rolls se trouva derrière le Paradis

de la Brocante, Peter et Hannibal sautèrent dehors.

« Attends-nous au PC ! » cria Hannibal à Bob.

Puis, les deux garçons rentrèrent dans le Paradis par le Roquet de la porte rouge, avant que quiconque ait pu voir qu'ils avaient quitté la Rolls.

« Eh bien, monsieur Bob, demanda Fitch d'un ton sarcastique, où va-t-on les chercher, ces perroquets ?

— On se promène simplement sur la corniche pendant une demi-heure et ensuite on rentre par les collines », répondit Bob, essayant de ne pas paraître déçu.

Mais en réalité, il l'était. Et comment !

Lui, Bob, ne servait qu'à brouiller les pistes. C'étaient Hannibal et Peter qui allaient faire le vrai travail.

17

Les pierres et les ossements

Le petit camion du Paradis et la fourgonnette Cabo [illegible] sur la route de Merlin Road. Hans était au volant ; Hannibal et Peter avaient pris place à côté de lui.

M. Jones avait permis à Hannibal d'utiliser le camion ce soir-là. C'est pourquoi aussitôt après être rentrés à l'intérieur de [illegible], les garçons étaient sautés à bord du camion et [illegible] comme s'il allait faire quelque course en ville, était sorti du garage.

Pendant une quinzaine de kilomètres ils par

17

Les pierres et les ossements

Le petit camion du Paradis de la Brocante cahotait sur la route de Merita. Konrad était au volant ; Hannibal et Peter avaient pris place à côté de lui.

M. Jones avait permis à Hannibal d'utiliser le camion ce soir-là. C'est pourquoi, aussitôt après être rentrés à l'intérieur de l'entrepôt, les garçons avaient sauté à bord du camion, et celui-ci, comme s'il allait faire quelque course ordinaire, était sorti du garage.

Pendant une quinzaine de kilomètres, les garçons restèrent accroupis sur le plancher. Lorsqu'ils furent bien sûrs qu'ils n'étaient pas suivis, ils s'assirent sur le siège.

Une vingtaine de minutes plus tard :

« Eh bien, voilà, on est arrivés à Merita, dit Konrad. Ça n'a pas l'air d'une bien grande ville... »

Ce n'en était pas une en effet. Une fois le centre dépassé, on s'engageait dans Baker Street, qui comptait fort peu de maisons.

Un mur de pierre s'étendait le long de la rue. Derrière, on découvrait des centaines de croix et de monuments. Le cimetière de Merita, c'était là.

Peter tendit le doigt. Le mur était percé d'une grille, et la grille surmontée d'une plaque portant le numéro 222 B.

« On s'arrête ? » demanda Peter.

Mais Hannibal hocha la tête.

« Prenez la prochaine à droite, Konrad, demanda-t-il.

— D'accord, Babal », fit Konrad.

Le cimetière était vaste et paraissait très vieux. À l'angle, se dressaient les ruines d'une église.

Konrad tourna à droite et le camion roula encore sur quelques centaines de mètres. Après avoir dépassé le cimetière, il arriva à un endroit où la route était bordée d'eucalyptus. Leurs branches traînaient à terre et dégageaient une odeur balsamique.

« Pouvez-vous vous garer sous les arbres, s'il vous plaît ? » demanda Hannibal.

Konrad exécuta ces instructions et les garçons sautèrent à terre.

« Nous serons probablement partis un bon moment, Konrad, dit Hannibal. Vous n'avez qu'à nous attendre.

— Très bien, répondit le chauffeur. J'ai tout mon temps. »

Il mit en marche le poste de radio du camion et déplia son journal.

« Et maintenant, Babal ? » demanda Peter.

Le détective en chef partit à travers champs, en direction du mur en ruine qui bordait le cimetière de ce côté-là.

« Je n'ai pas envie qu'on nous voie entrer dans le cimetière, expliqua Hannibal. Nous ne recherchons pas les curieux. »

Le mur ne fut pas facile à escalader.

Une fois dans le cimetière :

« Ce n'est pas précisément ce qu'on appelle un endroit fréquenté », remarqua Peter, avec un petit frisson.

Ils longeaient une allée mal entretenue, qui serpentait entre des monuments lézardés et affaissés.

« Tu as un excellent sens de l'orientation, Peter, dit Hannibal. Repère bien les endroits par lesquels nous passons, pour pouvoir retrouver notre chemin, si nous restons ici jusqu'à la nuit. J'ai oublié de prendre une torche électrique.

— Jusqu'à la nuit ? s'écria Peter. Non, mon vieux, nous ne pourrons pas rester jusqu'à la nuit. Regarde cette brume qui nous vient de la mer. »

Hannibal regarda vers l'ouest. De ce côté se trouvait l'océan Pacifique, et de là venaient des nappes de brume. En Californie du Sud, il arrive fréquemment que la brume de l'océan envahisse le littoral et y réduise la visibilité presque à zéro.

Le détective en chef fronça le sourcil.

« J'avais compté sans le brouillard, dit-il. C'est encore pire que l'obscurité. Espérons que nous interpréterons la fin du message sans trop tarder. En tout cas, nous voici arrivés à l'entrée 222 B. »

De là, plusieurs sentiers partaient dans diverses directions...

« Et maintenant, que fait-on ? demanda Peter nerveusement.

— La phrase 4 dit : "J'ai tiré une flèche à cent

pas à l'ouest." Ce portail étant orienté vers le nord...

— Qu'est-ce que tu en conclus ? »

Hannibal s'était placé au centre de carrefour des sentiers.

« Un pas, ce n'est guère précis. Par "cent pas" Silver entendait peut-être cent mètres ? Nous allons parcourir cent mètres dans cette direction-ci. Tu as de plus longues jambes que moi. Essaie de faire cent pas de un mètre. »

Avec un grand écart à chaque enjambée, Peter partit plein ouest, suivant un sentier qui longeait le mur du cimetière, à quelque douze mètres de distance.

« Bon, en voilà cent, annonça-t-il. Après ?

— Nous arrivons à la phrase 5 : "Vous connaissez mes méthodes, mon cher Watson : trois sept conduisent au treize."

— Jusqu'ici, j'admets que c'était facile. Mais ça, ça ne signifie plus rien », dit Peter.

Hannibal regarda autour de lui, l'inspiration ne venait pas. Une idée le frappa.

« Peter, es-tu sûr que tu as fait des pas de un mètre ?

— Je pense que oui.

— Mesurons tout de même. Il vaut toujours

mieux être sûr. Fais deux pas en marquant dans le sol le départ et l'arrivée. »

Peter obéit. Hannibal tira de sa poche un carnet quadrillé en centimètres et mesura les pas de Peter.

« Il te manquait dix centimètres chaque fois, remarqua-t-il. Fais dix mètres de plus. »

Peter mesura encore dix mètres vers l'ouest. Du nouveau point auquel les garçons étaient arrivés, on apercevait l'autre extrémité du cimetière. Des monuments, des stèles s'élevaient de tous côtés. Mais dans quel sens fallait-il en compter sept ?

Soudain Hannibal poussa un cri étouffé.

« Regarde ! »

De la main, il indiquait trois pierres tombales dressées côte à côte. L'une portait le nom de Joseph Seth, l'autre celui de Dorothée Seth et la troisième celui de Thomas Seth, morts tous en 1888 de la fièvre jaune et reposant en paix.

« Seth ! s'écria Peter. Seth ! C'est un nom de famille, pas le chiffre sept.

— Trois Seth, dit Hannibal. Mais comment trois Seth peuvent ils conduire à un treize ?

— Suivons la rangée de tombes, proposa

Peter. Et dépêchons-nous car le brouillard descend de plus en plus vite. »

En effet, des volutes de brume blanche apparaissaient entre les monuments. La visibilité décroissait sensiblement...

Peter s'accroupit près des pierres tombales des Seth et regarda droit devant lui, se servant du bord supérieur de ces pierres comme d'une ligne de mire. À vingt mètres, il aperçut une stèle étroite et haute.

« Allons voir ce qui est écrit dessus, Babal. »

Prenant soin de ne pas marcher sur les tombes, les deux garçons coururent jusqu'à la stèle. Lorsqu'ils l'eurent contournée, ils lurent l'épitaphe suivante :

CI-GISENT
XIII
VOYAGEURS INCONNUS
ABATTUS
PAR LES INDIENS
LE XVII JUIN MDCCCLXXVI

« Treize ! haleta Peter. Les trois Seth nous ont bien amenés à un treize. Vite, Babal ! Que dit la phrase suivante ?

— La phrase 6 dit : "Cherchez soigneusement, derrière les ossements, sous les pierres, dans le trou, une boîte sans verrous."

— Quelles pierres ? demanda Peter. Il y a des pierres de tous les côtés.

— Le message précise bien "derrière les ossements". Il ne s'agit donc pas de pierres tombales, répondit Hannibal. Ce brouillard devient de plus en plus épais... Regarde là-bas, au pied du mur. Il y a un tas de pierres, à l'endroit où le mur s'est effondré et n'a pas été réparé. Voilà des pierres qui se trouvent *derrière* les tombes, donc derrière les ossements. Allons voir... »

Peter, déjà, galopait vers l'amas de pierres, au pied du mur. Aussitôt, il se mit à déblayer furieusement.

« Viens m'aider, Babal. Nous n'avons plus guère de temps. Ça va être une vraie purée de pois, ce brouillard. »

Hannibal se mit au travail aussi. Les garçons ôtaient les pierres qui se trouvaient sur le dessus du tas et les jetaient plus loin. Ils en avaient déjà enlevé une bonne partie lorsqu'une voix connue, dotée d'un accent étranger, retentit à leurs oreilles :

« Des garçons travailleurs ! Quel spectacle édifiant ! »

Ils se retournèrent.

Émergeant du brouillard, M. Huganay suivi de ses deux acolytes, le chauffeur Adams et le garde du corps Lester, venait vers eux.

« Et pourtant, poursuivit le grand voleur en souriant, je vais devoir interrompre ce louable passe-temps. Les gars, emparez-vous d'eux. »

Sans hésiter, Peter et Hannibal bondirent de côté, ayant simultanément décidé de fuir.

Malheureusement, ils n'avaient pas eu le loisir de coordonner leurs mouvements, si bien qu'ils se heurtèrent de front et tombèrent tous les deux.

Sans le moindre effort, Adams les saisit chacun par un poignet et, leur tordant le bras derrière le dos, les força à se relever.

« Parfait, dit le voleur. Tiens-les bien, Adams. Toi, Lester, cherche-moi un peu la *Bergère* sous ces pierres. Quand tu l'auras trouvée, notre aventure sera terminée et vous recevrez ce que je vous ai promis. »

L'énorme Lester s'attaqua au tas de pierres. Dans ses mains de débardeur, elles paraissaient autant de petits cailloux.

Pleurant presque de rage et de déception, Peter et Hannibal ne pouvaient qu'assister, impuissants, à la ruine de toutes leurs espérances.

18

Cache-cache dans le brouillard

Le brouillard, humide et froid, descendait toujours. Lester jetait des pierres autour de lui comme un chien cherchant un os. Outre les pierres, il déterra successivement du gravier, un vieux tuyau, une branche. Certains de ces objets heurtèrent Adams qui protesta vivement.

« Fais donc attention, grosse brute !

— Un peu moins de violence, un peu plus de sérieux », conseilla M. Huganay, qui observait la scène.

Peter et Hannibal, toujours solidement maintenus par Adams, observaient aussi, à leur corps défendant. Ils songeaient avec amertume à leurs projets qui avaient été si près de réussir et que le voleur international avait réduits à néant.

« Ne prenez pas votre défaite trop à cœur, les garçons ! dit Huganay qui semblait avoir pénétré leurs pensées. J'ai dupé les gardiens du musée du Louvre à Paris et ceux du British Museum de Londres. Et vous, vous avez failli me duper. Ce n'est pas si mal pour deux garçons de votre âge. L'idée d'envoyer la Rolls ailleurs pendant que vous veniez ici était vraiment fort ingénieuse. »

Il glousssa de satisfaction et ralluma son cigare que l'humidité avait éteint. Le brouillard s'enroulait autour du voleur comme un manteau, et la flamme de son briquet donna une apparence sinistre à son visage.

« Je vous faisais surveiller, bien sûr. Mon homme de main m'a téléphoné que la Rolls était partie avec vous trois à l'intérieur. Il avait l'intention de vous suivre. Vingt minutes après, il m'appelait pour me dire qu'il avait dépassé la Rolls et qu'un seul d'entre vous s'y trouvait. J'en ai conclu que vous étiez des adversaires dignes de lutter avec moi et que j'aurais intérêt à agir promptement. »

Il souffla un tourbillon de fumée. Lester creusait toujours.

« Évidemment, j'avais déchiffré la première partie du message de Silver, poursuivit Huganay. Mais je n'avais pas réussi à identifier le cimetière. Comme il fallait faire vite, j'ai téléphoné au bureau du tourisme, et ils m'ont indiqué où je pourrais trouver un cimetière ayant pour adresse 222 B Baker Street. Je me suis dépêché d'arriver ; il était temps. »

Une nouvelle pierre faillit frapper Adams de plein fouet. Le petit homme jura.

« Essaie un peu de l'autre côté, Lester, commanda Huganay. Silver était malade. Il n'aurait jamais pu creuser si profond. »

Lester obéit. Aussitôt après, il poussait un cri de triomphe. Il tira à lui un objet qui se trouvait sous une grosse pierre et le tendit à Huganay.

« Voici votre boîte, patron.

— Ah ! » fit simplement Huganay.

Il prit la boîte métallique, oblongue et plate. Le couvercle était maintenu par un cadenas.

« C'est le bon format, commenta le voleur. Bravo, Lester !

— C'est la boîte que M. Silver gardait sous son lit », chuchota tristement Hannibal à Peter.

Huganay, cependant, avait pris une grosse pince. D'un seul coup, il cisailla la barre qui maintenait le couvercle. Le cadenas tomba à terre.

« Un seul petit coup d'œil, murmura le voleur. Je ne vais pas exposer un pareil chef-d'œuvre dans ce brouillard... »

Il ouvrit la boîte et poussa un cri de rage. Lester s'approcha de lui pour voir ce qui excitait sa colère. Adams s'avança aussi, tirant les garçons après lui.

Huganay haleta :

« Il n'y a rien dans cette boîte. Rien qu'un bout de papier qui dit : "Désolé, mon cher vieux. Vous avez mal étudié vos indices."

— Allons-y, Babal ! » chuchota Peter en sentant l'étreinte d'Adams se relâcher.

Il bondit de côté. Comme Adams le tenait de la main gauche, il réussit à échapper au bandit. Hannibal, lui, n'y parvint pas.

La secousse avait été si forte que Peter roula à terre. Adams se tourna vers lui, tirant toujours Hannibal par le poignet. La main de Peter toucha un long tuyau de plomb, celui que Lester avait lancé tout à l'heure. Peter le saisit et, bondissant sur ses pieds, en assena un rude coup sur l'épaule d'Adams. Avec un cri de douleur, l'homme lâcha le bras d'Hannibal.

Tenant encore son arme, Peter saisit Hannibal par la main et l'entraîna au plus épais du brouillard, vers un bouquet d'eucalyptus. En un instant, ils eurent disparu à la vue des trois hommes qui criaient à qui mieux mieux.

« Ils nous auront rejoints dans deux secondes, souffla Peter. Le camion est par là-bas.

— Comment le sais-tu ? demanda Hannibal pour qui, dans le brouillard, toutes les directions se confondaient.

— Je le sais », répondit brièvement Peter. Hannibal n'hésita pas à le croire. Le sens d'orientation de Peter était connu. Même la nuit, un sixième sens le maintenait toujours dans le droit chemin, alors qu'Hannibal se perdait facilement, même le jour.

« Écoute, dit Peter. Il y a des arbres, de place en place, d'ici jusqu'à l'endroit par où nous sommes entrés. Fais des bonds d'arbre en arbre.

— Je vais me perdre, murmura Hannibal, d'un ton lugubre.

— Je serais bien resté avec toi, dit Peter, mais il faut que j'entraîne ces messieurs sur une fausse piste. Tu n'as qu'à courir d'arbre en arbre.

Chaque fois que tu trouveras un point d'interrogation souligné d'une flèche, tu sauras la direction qu'il faut prendre. File de ce côté-ci d'abord. »

Poussant Hannibal par les épaules, Peter bondit lui-même dans la direction opposée. Puis, à voix forte pour que les hommes l'entendissent, il cria :

« Avec moi, Babal ! Par ici... »

Les voix des trois poursuivants, qui se rapprochaient d'Hannibal, s'en éloignèrent. Le détective en chef, s'écorchant les genoux aux pierres tombales, continua sa course jusqu'au moment où il se trouva dans un bosquet.

Là il s'arrêta et regarda autour de lui.

La lumière qui régnait était si pâle qu'on se serait cru sous l'eau. À deux mètres, on ne voyait rien que le brouillard qui passait par grosses vagues grises.

Il leva les yeux. Au-dessus de lui, il apercevait vaguement les sommets des arbres.

Il tendit l'oreille. Les poursuivants s'étaient éparpillés à travers le cimetière. On entendait leurs voix tantôt ici tantôt là. Quant à Peter, il avait complètement disparu.

Hannibal commença à inspecter les troncs des

arbres qui l'entouraient. Sur l'un d'eux, il trouva un point d'interrogation tracé à la craie bleue et accompagné d'une flèche indiquant la gauche.

Or, la couleur bleue était le signe distinctif de Peter, et le point d'interrogation l'emblème des Trois jeunes détectives : il n'y avait donc aucun doute possible sur la direction à prendre.

Un peu plus loin, Hannibal trouva un autre point d'interrogation et une autre flèche. Peter précédait toujours son chef.

Un cri de douleur retentit : sans doute un des hommes était-il tombé et s'était-il blessé. Leurs voix s'éloignaient.

Le brouillard s'appesantissait. Toutes les formes qu'on apercevait encore étaient aplaties, tordues, comme dans un cauchemar. Les branches des arbres se tendaient comme des bras armés de griffes. Les pierres tombales s'accroupissaient comme de gigantesques crapauds prêts à bondir. Les stèles se dressaient tels des monstres menaçants.

Le souffle court, le détective en chef parvint enfin au mur extérieur. Une silhouette indistincte se pencha par-dessus le mur. Elle était bien vivante, celle-là, et Hannibal se rejeta en arrière.

« Ce n'est que moi ! chuchota Peter. Donne-moi la main et grimpe. »

En toute humilité – et il faut reconnaître que l'humilité n'était pas précisément le fort d'Hannibal –, le détective en chef laissa son adjoint l'aider à franchir le mur et le conduire à travers le brouillard jusqu'au camion qui avait allumé ses phares, deux cônes de lumière jaune dans l'obscurité.

« Ça va, les garçons ? » demanda Konrad.

Les garçons s'installèrent dans la cabine et ne trouvèrent même pas la force de répondre.

« On rentre... », murmura simplement Hannibal.

Konrad sourit.

« D'accord, Babal !... »

Prudemment, il commença à rouler vers l'est. Puis, il obliqua vers le nord de façon à regagner Rocky.

19

Barbenoire a le dernier mot

Longtemps, les détectives demeurèrent silencieux. Enfin Hannibal dit :

« Au moins, ce brouillard empêchera M. Huganay de nous suivre.

— Pourquoi nous suivrait-il ? demanda Peter. Nous n'avons pas le tableau.

— Il s'imagine peut-être que nous l'avons, répondit Hannibal en se pinçant la lèvre. C'est tout de même curieux qu'il n'ait découvert dans cette boîte que le petit mot de John Silver.

— En supposant que le père Huganay nous

rattrape, il trouvera à qui parler, fit remarquer Peter. D'abord, Konrad est avec nous. Et puis, moi, j'ai toujours ma massue. »

Il brandit fièrement le vieux tuyau de plomb dont il s'était servi avec tant de brio dans le cimetière.

« Je l'utiliserais une deuxième fois avec plaisir. Le petit père Adams, d'ailleurs, n'est pas près d'oublier le coup que je lui ai donné.

— Tu as agi avec à-propos et courage, fit Hannibal. Je n'en attendais pas moins de toi. »

Peter ne répondit pas, mais il se sentit rougir de plaisir. Il n'arrivait pas souvent à Hannibal de décerner des compliments pareils à ses adjoints.

Le détective en chef, lui, pensait déjà à autre chose.

« Nous avons déchiffré le message. La présence de la boîte le prouve. Et cependant le tableau n'y était pas. »

— Le message disait aussi : “Petit malin, ne te monte pas le bourrichon”, remarqua Peter. Cela signifie bien que le père Silver n'avait pas encore fini de se moquer du père Claudius.

— Peut-être », avoua Hannibal.

Tout le reste du chemin, il médita, et Peter ne fit rien pour troubler sa méditation.

Après avoir franchi un nouveau nuage de brouillard, le camion atteignit le Paradis de la Brocante sans autre incident.

« Allons au PC, proposa Hannibal, pendant que Konrad conduisait le camion au garage. Il faut que nous mettions Bob au courant. »

Comme personne ne les surveillait, ils empruntèrent le passage Facile 3.

Facile 3, c'était une vieille porte de chêne qui semblait simplement adossée à un amas d'objets hétéroclites. Mais si on l'ouvrait au moyen d'une clef rouillée qui traînait dans une boîte de ferraille, on pouvait entrer dans une immense chaudière, laquelle, à son tour, permettait d'accéder au PC.

Bob Andy, au comble de la nervosité, essayait de lire en attendant ses camarades.

« Alors, vous l'avez trouvé ? » cria-t-il.

Mais il sut la réponse avant de l'avoir entendue.

L'aspect abattu des deux détectives, leur air épuisé, leurs têtes échevelées et les mains vides (à l'exception du vieux tuyau que Peter avait emporté machinalement), tout indiquait assez clairement que la mission s'était soldée par un échec.

« M. Huganay nous a rattrapés, dit Hannibal en se laissant tomber dans son fauteuil directorial.

— Seulement, il n'a pas trouvé le tableau non plus, ajouta Peter en prenant une chaise. Il a bien trouvé la boîte. Mais dans la boîte il y avait simplement un petit mot pour lui dire qu'il n'était pas si fin qu'il le croyait.

— Curieux ! fit Bob. M. Silver aurait donc fait semblant de cacher le tableau à cet endroit tout en le cachant ailleurs ?

— Justement, remarqua Hannibal, l'air sombre, je ne le pense pas. Le texte caché dans la boîte est celui-ci : "Désolé, mon cher vieux. Vous avez mal étudié vos indices." Cela signifie qu'il y a un indice que ni M. Huganay ni nous-mêmes n'avons repéré.

— Eh bien... », commença Bob.

À ce moment, le téléphone sonna.

Les garçons échangèrent un regard de surprise. Ils n'attendaient aucun appel.

Hannibal décrocha et plaça le combiné près du micro, pour que ses camarades puissent entendre toute la conversation.

« Allô ! dit-il. Ici, les Trois jeunes détectives. Hannibal Jones à l'appareil.

— Bonsoir, mon jeune ami, fit une voix ironique, marquée d'un indiscutable accent français.

— À qui ai-je l'honneur ? » demanda Hannibal.

Il avait parfaitement reconnu la voix de M. Huganay, mais il voulait gagner du temps pour reprendre ses esprits afin de répondre avec sang-froid aux menaces que le voleur ne manquerait sans doute pas de proférer.

« À la personne que vous avez rencontrée, il y a deux heures à peine, dans un endroit pittoresque, du côté de Merita, répondit M. Huganay. Je vous appelle pour vous dire simplement que je viens de deviner où était mon erreur. Je vous félicite de ne pas l'avoir commise, vous aussi. Je suis beau joueur : je sais perdre. J'abandonne la course.

« Je vous appelle de l'aéroport. Dans quelques instants, je serai parti pour l'étranger. Je voulais vous exprimer mon admiration : vous m'avez battu dans un match où vous partiez perdants. Dites à ce cher Claude que je lui souhaite de tirer de gros profits de son tableau.

— Vous êtes trop aimable, fit Hannibal, qui ne comprenait pas un mot à ce que l'étranger lui racontait.

— Il y a peu de gens qui peuvent se vanter d'avoir été plus fins que moi. Vous le pouvez. Si jamais vous venez en Europe, faites-moi signe : je vous trouverai un bon petit mystère européen à résoudre. Au demeurant, je ne vous en veux pas le moins du monde. Au revoir, et sans rancune. D'accord ?

— Euh !... oui, d'accord, dit Hannibal.

— Encore un point. Les perroquets sont à Santa Monica, 8958 avenue de l'Océan, dans un garage. Vous pouvez aller les récupérer. Je n'ai malheureusement pas le temps de les rendre à leurs propriétaires. J'espère que vous vous en chargerez. Merci d'avance. »

Huganay raccrocha.

Hannibal raccrocha aussi, et les trois garçons s'entre-regardèrent...

Au bout d'un moment :

« Tu as l'adresse, Bob ? demanda Hannibal.

— Elle est notée, répondit l'archiviste. Nous pourrons donc rendre Shakespeare et Patapon à leurs maîtres. Mais que peut bien signifier tout le reste de ce qu'il a raconté ? Nous l'avons battu, nous ?

— Le moins qu'on puisse dire, c'est qu'il exagère, remarqua Peter. Je n'ai battu que le petit père Adams. Et encore, battu !... Je n'ai cogné qu'une seule fois. Hé, Babal, pourquoi me regardes-tu comme cela ? »

Hannibal, le souffle un peu court, demanda :

« Que dit la phrase 6 ?

— "Cherchez soigneusement, derrière les ossements, sous les pierres, dans le trou, une boîte sans verrous", répondit Bob.

— Et c'est justement derrière les tombes et sous les pierres que cette brute de Lester a trouvé la boîte de Silver, remarque Peter.

— Oui, fit Hannibal. Mais elle était fermée avec un cadenas. Ce n'est pas exactement ce que M. Silver aurait appelé "une boîte sans verrous".

— Juste ! s'écria Peter. Il y en avait sûrement une autre. Non, c'est impossible. Lester l'aurait remarquée.

— Et si elle n'avait pas l'air d'une boîte ? objecta Hannibal. Bob, rappelle-moi la phrase 7.

— "Petit malin, ne te monte pas le bourrichon", répondit Peter. Nous avons entendu Scarface la dire lui-même.

— Et aussi : “Je te passerais bien le tuyau mais tu ne saurais qu’en faire”, ajouta Bob. Du moins, dans la version de Barbenoire. “Le tuyau” signifie évidemment le renseignement. Et j’ai l’impression qu’il s’agit d’un “tuyau crevé”.

— C’est possible, répondit Hannibal, mais ce n’est pas certain. L’ambiguïté est peut-être voulue et, en ce cas, il suffit de “bien étudier les

indices". Peter, comment appelles-tu l'objet que tu viens de poser devant toi, sur ce bureau ? »

Peter considéra l'objet.

Bob considéra l'objet.

Et même Barbenoire, tout ensommeillé qu'il était, passa la tête entre les barreaux de sa cage et considéra l'objet.

« C'est un vieux bout de... *tuyau*, dit Peter.

— D'où le tiens-tu ?

— Je l'ai ramassé par terre, dans le cimetière, et je m'en suis servi pour cogner sur Adams.

— Pourquoi se trouvait-il par terre ? Parce que Lester l'avait trouvé dans le tas de pierres et l'avait jeté ?

— Oui, fit Peter, d'une voix étranglée.

— As-tu remarqué que ce tuyau est fermé aux deux bouts par deux bouchons qui doivent empêcher l'humidité d'entrer ? demanda Hannibal.

— C'est à peu près ce qu'on pourrait appeler une boîte..., suggéra timidement Bob.

— Sans verrous, ajouta Peter.

— Une boîte sans verrous, dit Hannibal. Une boîte en plomb, qui ne s'oxyde pas, qui ne laisse entrer ni l'humidité, ni la poussière, ni les insectes, une boîte qui demeurerait étanche pendant un siècle s'il le fallait. La boîte rêvée pour y cacher un objet précieux. Et nous l'avons rapportée avec nous ! »

Peter essayait déjà d'arracher les bouchons qui obstruaient le tube aux deux bouts.

« Ils tiennent bon... Va falloir des pinces... »

Il fit un saut jusqu'au petit laboratoire qui faisait partie du PC et revint, pince en main.

« Ouvre-le, commanda Hannibal. C'est toi qui l'as trouvé. »

Les garçons retinrent leur souffle.

Peter saisit le premier bouchon avec sa pince. Il céda après quelques torsions ; le deuxième aussi.

Peter plongea le doigt dans le tube. Un rouleau de toile émergea lentement et tomba sur le bureau.

« De la toile..., murmura Hannibal d'une voix étouffée. Ça se roule sans s'abîmer. Défais le rouleau, Peter. »

Peter le défit, l'étala. Les trois garçons écarquillèrent les yeux.

Le tableau avait environ cinquante centimètres sur trente. Si ignorants que fussent les jeunes détectives des choses de l'art, ils ne pouvaient s'y tromper : la peinture, qui représentait une ravissante bergère tenant dans ses bras un jeune agneau à la patte blessée, était d'un maître. Les couleurs, radieuses, n'avaient rien perdu de leur éclat primitif.

Le chef-d'œuvre disparu était retrouvé.

« Un morceau d'arc-en-ciel, dit Hannibal. Je ne m'étonne pas que John Silver ait parlé en ces termes de ce tableau. »

Entendant les mots « John Silver » et « tableau », le mainate qui commençait à s'endormir se secoua. Deux fois, il battit des ailes, puis prononça :

« Du grand art, c'est indéniable ! Je vous dis que c'est du grand art ! »

Puis il fourra sa tête sous son aile et s'endormit pour de bon.

Mais les garçons frissonnèrent des pieds à la tête : il leur semblait avoir entendu, tout près d'eux, la voix du défunt John Silver.

20

Rendez-vous avec Alfred Hitchcok

Alfred Hitchcock, l'illustre metteur en scène, trônait derrière son bureau, lorsque les Trois jeunes détectives furent introduits dans son cabinet de travail.

« Prenez des sièges, dit M. Hitchcock. Je suis à vous dans un moment. »

Les garçons s'assirent. Au bout de quelques instants, M. Hitchcock repoussa les journaux qu'il parcourait et considéra ses visiteurs d'un œil inquisiteur.

« Eh bien ! fit-il. Je vous demande de chercher un perroquet et vous me trouvez un chef-d'œuvre de la Renaissance ! Résultat : vous avez votre photo dans les journaux ! C'est du travail, ça ?

— Seulement dans le journal local, monsieur, objecta Hannibal respectueusement. Les grands journaux de Los Angeles ont simplement parlé du tableau “découvert par quelques garçons dans un tas de pierres du cimetière de Merita”.

— Ils n'ont même pas mentionné notre agence ! se plaignit Peter.

— Sans doute, reconnut M. Hitchcock. Mais *Les Nouvelles de Rocky* vous ont, en revanche, fait la part belle. »

Le grand metteur en scène brandit un journal abondamment illustré de photos.

« Voici Hannibal Jones et la fameuse Rolls. Vous voici tous les trois avec le tableau que vous avez découvert. Et voilà un titre qui proclame sur cinq colonnes : “Trois jeunes garçons de la ville découvrent un chef d'œuvre disparu.” En fait de publicité pour votre agence, je ne sais pas ce qu'il vous faut de plus.

— C'est exact, monsieur, reconnut Hannibal. On nous a déjà proposé plusieurs enquêtes, à la suite de cet article. Qu'avons-nous à l'ordre du jour, Bob ? »

Bob Andy tira son carnet.

« Un chat siamois perdu ; une statue du dieu grec Pan dérobée dans un jardin à Hollywood ; un vaisseau fantôme apparaissant par temps de brume face à une certaine maison de la plage de Malibu ; les numéros de trois maisons de Rocky qui ne cessent de changer pour une mystérieuse raison. Pour l'instant, c'est tout ! »

M. Hitchcock secoua la tête.

« Ces mystères ont l'air tout simples, dit-il. Mais la tête me tourne à l'idée de ce que vous allez en faire. Cependant, je voudrais que vous me précisiez quelques détails que les journaux ont omis. Vous aviez commencé par rechercher le perroquet de Malcolm Fentriss. Et les journaux n'ont pas parlé de perroquets du tout.

— M. Claudius y a tenu, répondit Hannibal. Il craignait que l'histoire des perroquets ne paraisse fantastique. En réalité, voici ce qui s'est passé. »

Et le détective en chef résuma toute l'enquête à laquelle sa jeune mais brillante agence venait de

se livrer. Il termina en reconnaissant honnêtement, bien qu'avec une certaine répugnance, que la chance l'avait beaucoup servi.

« La chance vous sert quand vous vous servez de la chance, répondit M. Hitchcock. En fin de compte, vous avez rendu Shakespeare à mon ami Fentriss, et Patapon à Mlle Waggoner ?

— Oui, monsieur. Ils ont été ravis de retrouver leurs favoris. M. Claudius leur a fait des excuses qu'ils ont bien voulu accepter.

— En d'autres termes, vous avez rempli votre part du contrat. À moi de remplir la mienne : je présenterai donc le récit de votre aventure, dit M. Hitchcock. Qui plus est, ajouta-t-il, j'accepte à l'avance de présenter ceux qui suivront... si je trouve qu'ils en valent la peine !

— Merci, m'sieur », s'écrièrent les Trois jeunes détectives d'une seule voix.

Hannibal se leva.

« Maintenant, fit-il, nous allons prendre congé. Notre prochaine enquête nous attend. »

Les trois garçons saluèrent et, en file indienne, quittèrent le bureau.

« Hum ! murmura Alfred Hitchcock resté

seul. J'aurais peut-être dû leur toucher un mot de cette momie égyptienne qui appartient à mon vieil ami le professeur Yarborough et qui lui parle à l'oreille chaque fois qu'il est tout seul... J'ai bien envie de leur téléphoner... »

Épilogue

Peter, Bob et Hannibal étant fort occupés actuellement, je vais les remplacer pour préciser quelques points qui demeurent encore obscurs, concernant le mystère du perroquet bègue.

Qu'est-il advenu de M. Claudius ? Eh bien, il s'est remis de sa crise, et il est reparti pour l'Angleterre avec son tableau retrouvé, après avoir versé aux Trois jeunes détectives les mille dollars de récompense qu'il leur avait promis.

Qu'est-il arrivé à ces mille dollars ? Les Trois jeunes détectives les ont remis à Carlos et à son oncle Ramos qui avaient soigné le malheureux John Silver.

Où en est l'oncle Ramos ? Il est rentré dans son village natal, au Mexique, où il achève de recouvrer la santé.

Quant au jeune Carlos, les Trois jeunes détectives l'ont présenté à Warrington. Warrington, impressionné par son amour des automobiles, l'a, à son tour, présenté au directeur de l'agence de location de voitures, qui lui a donné un emploi de laveur. Pendant ses heures de loisir, Carlos apprend la mécanique. Il est donc parfaitement heureux. Ajoutez à cela qu'il habite chez les Jones et paie sa pension en travaillant au Paradis de la Brocante un jour par semaine.

M. Huganay, le voleur international, est toujours en liberté, mais les polices de plusieurs pays ne désespèrent pas de le capturer bientôt. Quant à Lester et Adams, il leur est arrivé une bien fâcheuse aventure : Huganay a quitté le pays sans leur donner un sou !

Moi-même, je fais toujours des films, comme vous le savez, et ils ont toujours autant de succès. Une seule chose a changé : mon opinion sur les Trois jeunes détectives.

Au début, ils m'inspiraient beaucoup de

méfiance. Maintenant, je vous l'avoue, je suis de plus en plus persuadé de leurs hautes capacités. Je pense même à les lancer dans une nouvelle aventure...

Vous en serez avertis en temps utile, comptez sur moi.

ALFRED HITCHCOCK.

Alfred Hitchcock

Né à Londres en 1899, Alfred Hitchcock commence dès 1920 à travailler pour le cinéma. Scénariste et metteur en scène, il devient en moins de dix ans le maître du suspense, avec *Chantage, Les 39 marches, Une femme disparaît*, etc. Installé aux États-Unis depuis 1940, il tourne *Rebecca, L'inconnu du Nord-Express, La mort aux trousses*, etc. Il apparaît dans chacun de ses films, mais aussi à la télévision et sur la couverture des recueils et romans qu'il a composés ou inspirés : histoires « abominables », « à faire peur », « à ne pas lire la nuit », et la fameuse série d'aventures des Trois Jeunes Détectives. Alfred Hitchcock est mort à Hollywood en 1980.

TABLE

Si vous avez aimé ce livre, vous aimerez aussi dans la collection Le Livre de Poche Jeunesse :

Belphégor
Arthur Bernède
Un mystérieux fantôme hante les galerie du Louvre, la nuit. Il nous entraîne dans les couloirs inquiétants du musée parisien, cadre d'un inextricable mystère...
12 ans et +
N°778

A.B.C. contre Poirot
Agatha Christie
Traduit de l'anglais par Louis Postif
L'assassin méthodique annonce ses crimes par ordre alphabétique. Si Hercule Poirot s'en mêle, ira-t-il jusqu'à Z ?
11 ans et +
N°67

Le crime de l'Orient-Express
Agatha Christie
Traduit de l'anglais par Jean-Marc Mendel
Dans l'Orient-Express bloqué par la neige, un homme est tué de douze coups de poignard...
11 ans et +
N°1130

Le chien des Baskerville
Sir Arthur Conan Doyle
Traduit de l'anglais par Bernard Tourville
L'héritier des Baskerville est retrouvé mort. Doit-on accuser ce chien démoniaque qui rôde sur la lande ?
11 ans et +
N°515

Les reportages de Rouletabosse
Robert Escarpit
Le jeune Rouletabosse veut tout savoir. Sa “bosse” du journalisme l’entraîne sur tous les continents pour y surprendre d’incroyables secrets.
10 ans et +
N°55

Barbès Blues
Gudule
Véra accepte de cacher l’ordinateur volé par son petit ami. Mais lorsqu’elle découvre qu’il contient un roman inachevé, Véra va tout entreprendre pour retrouver son auteur.
12 ans et +
N°750

Les douze pendules de Théodule
Alfred Hitchcock
Traduit de l’anglais par Jean Muray
Un réveil qui hurle d’une voix déchirante, des messages énigmatiques, des tableaux volés...
10 ans et +
N°76

Arsène Lupin, gentleman cambrioleur
Maurice Leblanc
Voleur aux cent visages, le gentleman cambrioleur est insaisissable !
10 ans et +
N°29

Arsène Lupin. L’aiguille creuse
Maurice Leblanc
Un homme blessé disparaît. Est-ce Arsène Lupin ? La nièce d’un comte disparaît également. Pourquoi ? Un lycéen surdoué mène l’enquête.
10 ans et +
N°151

Arsène Lupin. Le bouchon de cristal
Maurice Leblanc
Arsène Lupin, le gentleman cambrioleur, bafoué et ridiculisé ! Comment en est-t-il arrivé là ?
10 ans et +
N°729

Arsène Lupin. La demeure mystérieuse
Maurice Leblanc
Arsène Lupin mène l'enquête dans une somptueuse demeure où une actrice et un mannequin-vedette ont soudainement disparu.
10 ans et +
N°730

Le mystère de la chambre jaune
Gaston Leroux
Comment Mathilde, la fille du célèbre Stangerson, a-t-elle pu être agressée alors qu'elle s'était enfermée dans sa chambre verrouillée de l'intérieur ?
10 ans et +
N°1146

Y a-t-il un assassin dans l'immeuble ?
Béatrice Nicodème
La voisine d'Alex, diseuse de bonne aventure, a été assassinée. Alex a été témoin d'une scène qui pourrait faire avancer l'enquête...
10 ans et +
N°716

Un mort encombrant
Robert Louis Stevenson
Traduit de l'anglais par Pierre Leyris
La sombre mais très drôle histoire d'un héritage escompté, d'un cadavre encombrant qui passe de main en main... et qui n'est pas le bon !
11 ans et +
N°497

Composition Jouve – 53100 Mayenne
Nº : 293625b

Achevé d'imprimer en Espagne par LIBERDUPLEX
Sant Llorenç d'Hortons (08791)

Dépôt éditeur nº 84697
32.10.1898.9/09 - ISBN : 978-2-01-321898-6
Loi nº 49-956 du 16 juillet 1949 sur les publications destinées à la jeunesse
Dépôt légal: février 2007